小故事大哲理

高宏群　高珊珊◎著

郑州大学出版社

图书在版编目(CIP)数据

小故事 大哲理／高宏群，高珊珊著. — 郑州：郑州大学出版社，2022.3

ISBN 978-7-5645-8557-0

Ⅰ.①小… Ⅱ.①高…②高… Ⅲ.①故事 – 作品集 – 中国 – 当代 Ⅳ.①I247.81

中国版本图书馆 CIP 数据核字（2022）第 034266 号

小故事 大哲理

XIAO GUSHI DA ZHELI

策划编辑	祁小冬	封面设计	苏永生
责任编辑	崔 勇	版式设计	凌 青
责任校对	吴 波	责任监制	凌 青　李瑞卿

出版发行	郑州大学出版社	地　址	郑州市大学路 40 号（450052）
出 版 人	孙保营	网　址	http://www.zzup.cn
经　销	全国新华书店	发行电话	0371-66966070
印　刷	河南龙华印务有限公司		
开　本	710 mm×1 010 mm　1 / 16		
印　张	16	字　数	203 千字
版　次	2022 年 3 月第 1 版	印　次	2022 年 3 月第 1 次印刷

| 书　号 | ISBN 978-7-5645-8557-0 | 定　价 | 29.80 元 |

序

　　谈及哲学,很多人认为它是一门深奥难懂、枯燥乏味的学问。可事实上,哲学就潜藏于人们生活中的每一个角落,与我们的生活密切相关。哲学属于任何一个善于思考的人,任何人都可以在自己的日常生活中,对周围的事物、对不同的人物产生深层次的思考。而哲学家只是将这些思考的火花,进一步燃烧下去。

　　那么,何为哲学? 哲学是一门关于世界观的学说,是一门使人聪慧的学问。在古希腊文和英文中,哲学的本意是爱智慧或追求智慧。在汉语中,"哲"就是智慧,哲学就是智慧之学或追求智慧之学,即爱智之学。可见,哲学能给人开阔的眼光、聪明的头脑和智慧的生活态度。

　　有人说:迷茫时,哲学是一盏明灯,帮我们照亮前方的路;痛苦时,哲学是一剂良药,帮我们医治心灵的伤;失意时,哲学是一针强心剂,帮我们重新振作、重新出发。有人说:哲学是一座高山,拾阶而上,能谛听智者的彻悟妙语;哲学是一座桥梁,跨步而过,能紧随智者的步伐前行。这些评价从不同角度点明了哲学的价值。其实每个

人的一生难免会遇到这样或那样的困惑与不顺，用哲学的眼光去看待这些问题，用哲学的头脑去思考这些问题，其一切问题都将迎刃而解。

哲学本身是枯燥的，但由哲学引申出来的故事则是浅显易懂的。《小故事 大哲理》精选的每一则小故事，可以开启我们的心灵之门，打开我们的智慧之窗，让读者在故事中获得哲学的力量，在潜移默化中得到哲学的滋养。相信您阅读后，心灵将不再贫瘠，视野将不再狭窄，生活将不再乏味，您会像哲学家一样，幸福过好人生中的每一天！

《小故事 大哲理》全书共设 11 个篇章，分别为坚持唯物主义、尊重客观规律、学会辩证思维、注重事物联系、牢记发展观点、把握矛盾分析法、树立创新意识、躬身社会实践、勇于求索真理、践行正确价值观、坚定理想信念。每一则开篇都先给读者讲述一个小故事，这些故事或选之古代，或选之现代；或来自国内，或来自国外；或出自名人，或出自常人。每个故事之后均附有"哲学启示"，一方面可以帮助读者对上述"哲学故事"进行理解和思考，另一方面也是笔者对上述"故事"的学习体会和感悟。

该书在撰写过程中，收录了一些专家学者在博客发表的真知灼见，借鉴了互联网登载的一些哲理美文，查阅了一些网站上的相关文献资料，在付梓之际，对上述有关

作者和资料提供者表示崇高的敬意！本书中的插图均由青年画家霍锦女士精心绘制，艺海教育刘珍老师组织学生崔嘉芮、李紫依、谢静雯、吴雪瑶、翟浩然、秦嘉璇、王嘉仪、卢晨熙、刘张杰、杨偌贤、马丽亚格、王志浩、王苑靖、程雨欣、师佳楠、王梓毅、庞怡婷、张子轩、张孟轲、史梓良、裴玉莹对本书的插图绘制做了大量的工作，在此对霍锦女士和艺海教育师生的辛勤付出表示衷心的感谢！

本书编者

2022 年 2 月 22 日

目　录

坚持唯物主义

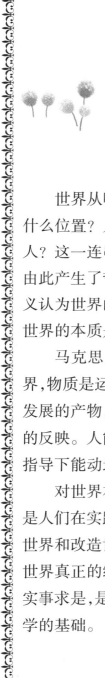

　　世界从哪里来？世界的本质是什么？人在世界中处于什么位置？人的一生是听从命运的安排，还是做世界的主人？这一连串的问题，吸引着一代又一代的人上下求索，也由此产生了哲学的两大派别：唯物主义和唯心主义。唯物主义认为世界的本质是物质的，物质决定意识；唯心主义认为世界的本质是意识的，意识决定物质。

　　马克思主义的物质观，科学地揭示出世界是物质的世界，物质是运动的，运动是有规律的。意识是物质世界长期发展的产物，是社会实践的产物，是人脑的机能，是客观存在的反映。人能够通过意识能动地认识世界，也能够在意识的指导下能动地改造世界。

　　对世界本质的认识，对人与世界的关系的思考和回答，是人们在实践和认识中必须解决的首要问题，是正确地认识世界和改造世界的出发点。把握马克思主义的物质观，懂得世界真正的统一性在于它的物质性，明确一切从实际出发、实事求是，是马克思主义哲学的根本要求，也是我们学好哲学的基础。

1. 按图索骥

春秋时的伯乐,以善相马著称。年老的伯乐将自己多年积累起来的相马的知识和经验,写成一本名为《相马经》的书。书上还有他为配合文字表述而勾画出的马的形态。

按图索骥

伯乐的儿子很想把父亲的这项技能继承下来,他就用心熟读《相马经》,自以为学到了相马的本领,就按着书本上说的去找好马。由于他没有实际经验,找了好长时间也没有找到一匹好马,而且还闹出了笑话。

一天,他按照《相马经》上说的"千里马是额头隆起,双眼突出,蹄如垒起的酒药饼"这条要求去找马,在路旁见到一只癞蛤蟆,就用布包起来,赶回家对父亲说:"我找到了一匹好马,额头和双眼跟您《相马经》上说得差不多,就是蹄子不是垒起的酒药饼。"伯乐一听,本来很生气,但他知道儿子愚笨,就笑着说:"此马好跳,不堪御也。"意思是说,你找到的这匹马好是好,就是爱跳,你是驾驭不了的。

[**哲学启示**]

辩证唯物主义认为,世界在本质上是物质的,物质决定意识。这就要求我们坚持一切从实际出发,反对从主观出发。伯乐的儿子没有从实际出发,而是照搬书本,犯了教条主义的错误,结果闹出了笑话。

这则故事告诉人们:在实际工作中,人们想问题、办事情要根据客观实际情况办事,努力使主观与客观、理论与实践达到具体的历史的统一。

2. 无神论者王充

东汉时期,一天,黑云滚滚,雷电交加。只听得霹雳一声巨响,在树下避雨的一个农夫被雷击死了。有人说:"瞧,老天爷发火了。那人准是做了亏心事,老天爷派雷公把他击死了,这是天在惩罚恶人呀!"

王充听说此事,马上向出事地点跑去。他对打雷闪电的事观察、琢磨了好久。下雨的时候,雷声隆隆,电光闪闪,像火一样。他怀疑过,雷电是不是火呢?这次,他仔细观察,发现那人的头发烧焦了,皮肤烫黑了,周围的房屋和草木也被烧坏了。王充觉得自己的想法被证实了,他对人说:"人被雷击死是被天火烧死的,这是碰巧的事,根本不是什么雷公的惩罚。打雷闪电是自然发生的,夏天阳气很盛,下雨的时候,阴气出来,阴阳二气纷争,阳气受激就会放出火来。"

讲到雨的成因,王充的看法已比较接近科学了。他说:"雨根本不是上天降下来的,相反,倒是从地上升上去的。因为雨是地气上蒸的结果。地气到空中凝聚成云,云又凝成了雨。夏天天热,降雨;冬天天冷,雨在空中凝成雪。所以,无论雨雪,都是地气上蒸所产生的。"

[哲学启示]

唯物主义认为,物质是本源的,意识是派生的,先有物质后有意识,物质决定意识。唯心主义把意识视为世界的本源。客观唯心主义把客观精神(如上帝、理念、绝对精神等)看作世界的主宰和本源,认为现实的物质世界只是这些客观精神的外化和表现。

认为有鬼神的人,是客观唯心主义的表现。在独尊儒术、迷信盛行的东汉,王充敢于宣传无神论思想,批判各种各样的鬼神迷信观念,真是有胆有识啊!

3.一枕黄粱

古代有个姓卢的书生,家境贫穷潦倒,却一心想当官。一天,卢生在一客店遇见一道士吕翁,道士吕翁给卢生一个枕头,并对他说:"只要枕着它睡觉,一切就会称心如意。"当时店家正在蒸黄粱米,卢生便枕着吕翁给的枕头睡去。

一枕黄粱

沉睡之中,他梦见自己封官拜相,并娶了一个聪明美丽的妻子,从此儿孙绕膝,人丁兴旺,享不尽的荣华富贵。卢生高兴极了,竟然笑醒了,只见吕翁仍在身旁,锅中黄粱尚未蒸熟,刚才的一切只不过是一个短暂的美梦罢了。

[哲学启示]

辩证唯物主义认为,物质决定意识,意识是物质的反映。这则故事告诉人们:想问题、办事情应从实际出发,实事求是,使主观符合客观。一切脱离实际的想法和欲望,终归如美梦一样,转瞬即逝。

要做到一切从实际出发,实事求是,就要充分发挥主观能动性,不断解放思想,与时俱进,以求真务实的精神探求事物的本质和规律,用科学的理论武装头脑、指导实践。

4. 画蛇添足

楚国有一个贵族人家,一次祭礼完毕后,欲把祭祀用的一壶酒赏给几个门客喝。众门客面对一壶酒,一时不知让谁喝才好。这时有个门客想出了一个主意,说:"我有个办法,咱们每个人在地上画蛇,谁先画好,谁就喝这碗酒。"众门客都认为这个办法好,都同意这样做。于是就各自画起蛇来。

转眼之间,其中一人先画好了蛇,他端起酒壶正要喝,看见别人还没有画完,便左手端着酒壶,右手拿着树枝,得意忘形地说:"看,这条蛇没有足,让我给它添上几只。"正当他在给蛇添足时,另一个门客的蛇也已经画完,于是从第一个门客手里夺过酒壶,大声说:"你见过蛇么?蛇是没有足的,你为什么要给它添上足呢?"说罢,就仰起头来,咕咚咕咚把酒喝下去了。给蛇画足的人,张口结舌,说不出一句话来。

画蛇添足

[哲学启示]

这则故事比喻有的人自作聪明,常做多余的事,反而弄巧成拙,把事情办糟了。同时也告诉人们:应该如实地反映客观事物原本的样子。否则,人为地或主观任意地添枝加叶,歪曲了事物的真实面貌,就必然得到相应的"惩罚"。

人们在现实工作中也会遇到类似的情况。有些人在处理问题时,不是如实地反映客观实际,不是依据实际情况定计划、想办法,而是自作聪明,任意标新立异,从而招致工作上的失误。这种用主观任意性代替客观实际的违背哲学思维的工作方法,应该尽力避免或摒除。

5. 掩耳盗钟

春秋时期,晋国有人到范氏家里想偷点东西,看见院子里吊着一口大钟。钟是用上等青铜铸成的,造型和图案都很精美。盗贼心里高兴极了,想把这口精美的大钟背回自己家去。可是钟又大又重,怎么也挪不动。他想来想去,只有一个办法,那就是把钟敲碎,然后再分别搬回家。

掩耳盗钟

盗贼找来一把大锤子,使劲朝钟砸去。"咣"的一声巨响,把他吓了一大跳,心想这下糟了,这钟声不就等于告诉人们我正在这里偷钟吗?他心里一急,身子一下子扑到了钟上,张开双臂想捂住钟声,可钟声又怎么捂得住呢,钟声依然悠悠地传向远方。

盗贼越听越害怕,不由自主地抽回双手,使劲捂住自己的耳朵。"咦,钟声变小了,听不见了。"他高兴极了,"妙极了,把耳朵捂住不就听不见钟声了吗?"他立刻找来两个布团,把耳朵塞住,心想,这下谁也听不见钟声了。于是就放手砸起钟来,一下一下,"咣""咣"的钟声一遍一遍传得很远。人们听到钟声急忙赶来,把盗贼捉住了。

[**哲学启示**]

钟的响声是客观存在的,不管你捂不捂住耳朵,它都是要响的。这说明凡是客观存在的事物,都不以人的主观意志而改变。否则,就会犯主观唯心主义错误。主观唯心主义是把人的主观精神(如人的目的、意志、感觉、经验、心灵等)夸大为唯一的实在,当成本原的东西,认为客观事物以至整个世界,都依赖于人的主观精神。

在现实生活中,有的人对自己不利的客观存在,采取不承认的态度,以为如此,它就不存在了,这和"掩耳盗钟"一样,都是主观唯心主义——唯我论的表现。

6. 迂腐的读书人

清朝时,沧州有一个姓刘的书生,性情孤僻,只有一个爱好,喜爱读书。每日,早起便埋头苦读,直到日落西山月上梢头才停止。书读得多,但用得少。若让他讲古书,他可以滔滔不绝,讲得头头是道;若让他处理世事,却显得异常迂腐。

有一次,他偶得一部古代兵书,如获至宝,爱不释手,伏案研读了整整一年。书上的兵法、条目都烂熟于心,他自以为精通了兵法,可以统帅精兵了。于是他便寻找大显身手的机会。事有凑巧,他居住的地方附近匪患严重。他听说后,觉得这正是自己施展才能的机会,便组织一队乡兵,自命为首领,亲自率兵去剿匪。可惜他打仗的理论知道不少,却没有一点实践经验,除了纸上谈兵,并不懂得真正用兵的谋略,更无从处理瞬息万变的战事。初次交锋,就溃不成军,被对方彻底击败,这个自命不凡的"指挥官"也险些送命。

[哲学启示]

故事中的刘书生犯了形而上学、机械唯物主义的错误。机械唯物主义虽然承认世界是客观的,不是神创造的,但不承认事物是运动变化发展的,如果有运动,那也只是外力作用下的机械运动。

在实际生活中,表现为墨守成规、生搬硬套。

这则故事告诉人们:知行合一才能运用自如,死啃书本,只会僵化教条。善读书,不能死读书。一个人只知死读书,不尊重客观实际情况,机械办事,难免失败。

7. 太完美的珍珠

收藏家李先生在杭州岳王路的地摊上发现了一颗珍珠,个头比较大,嵌在一只颜色灰暗的银戒指上,摊主报价一千元。李先生一看这颗大珍珠,就哑然失笑:按照这样的个头来讲,绝对不可能是一千元,应在万元以上,甚至更高。李先生将珍珠取来,仔细观察,再次确认这是一颗假珍珠,因为这珠子表面圆润,没有一点瑕疵,这样的珍珠大都是人工加工出来的,方法是将小珍珠研磨成粉,然后添加化学原料将其黏合,成为少有缺陷的假珍珠。

摊主见李先生也是内行,便不说诳语,坦言是从一文物小贩手里收购来的,才花了三百元。他对珍珠鉴别也有研究,自然知道这定是假珍珠,真珍珠不可能如此完美。摊主说,如果李先生喜欢,可以四百元转手。李先生便称自己从不收藏假珍珠,婉拒了。

几年后,李先生赴江苏参加一个藏友会,席间有人得知李先生是杭州人,称自己也在杭州待过,他在杭州最大的收获是以五百元的价格在岳王路买到了一颗真珍珠,现在市价至少在三万元以上。李先生要求藏友取来一赏。待李先生看到这颗珍珠,不禁大吃一惊:这珍珠太熟悉了,就是当年他在岳王路上看到的那一颗。于是他求证藏友购买地点、时间和摊主相貌,结果一一吻合。藏友说,当时他也因这珠子十分完美而认为是假珍珠,但又不敢确认,于是花了五百元买来权当研究,珠子到手后,请了业内权威专家鉴别,专家们一致判为真珍珠,认为价值至少数万元。李先生听后嗟叹不已,承认自己马失前蹄,悔之不及。

[哲学启示]

辩证唯物主义认为,物质决定意识,意识是物质的反映。要求人们在想问题、办事情时要坚持一切从实际出发,实事求是,而不能从主观出发。当一件完美的真珍珠展现在李先生面前时,却因他眼中只认缺陷、不看完美的主观思维,将其误判为假,实在惋惜。

人们的思维模式总是会先入为主,就是先将事物设定成某种性质,然后再去找理由去证明和支持这种事物性质设定的正确性,这是一种误导性思维方法。在这种思维下,人的主观性就会占上风,诱导人只做纵向靶向定势思维,一门心思找"证据"和"理由"来适从于早已设定的"结论"。这样容易犯主观唯心主义错误,是非常有害的思维习惯。

8. 遗失的公文包

一个富有却很吝啬的人不幸将自己装有五十万现金的公文包丢失了。他怎么找也找不到,着急得要命,于是只好报警,并声称谁要拾到公文包并交还给他,他将奖给这个人五万元现金。

不久,便有人将公文包送到警察局,富人见到自己的公文包失而复得,心中又生悔意,不想付酬金给拾到公文包的人。因此便对警察谎称说:"包内应有五十五万现金,而现在只有五十万。"

警察见包外密码锁并没有被开启的迹象,其他地方也没有被破坏的痕迹。便对失主说:"你真的确定你的包内是五十五万元现金?"吝啬的富人毫不犹豫地答道:"的确是的。"

警察于是说道:"如此说来,这个包原来不是你的,因为这里面只有五十万。你还是先回去等消息吧。按照规定,如果六个月内,这个包无人认领的话,它就将归属于捡到它的那个人。"

[**哲学启示**]

辩证唯物主义认为,物质决定意识,意识对物质具有能动的反作用。正确的意识能促进事物的发展,错误的意识则阻碍事物的发展。这就要求我们想问题办事情要坚持一切从实际出发,实事求是。

诚信是人际交往的基础。诚信,即诚实守信,就是不欺骗,不歪曲事实,在此基础上,说到办到。这则故事告诉人们:失去了财富,还可以再拥有;但是失去了诚信,便失去了一切。

9. 望梅止渴

东汉末年,曹操率军讨伐张绣。一日正午,烈日当空,天气炎热。将士们携带着沉重的武器全身都被汗水浸湿,又热又渴,非常难受,给行军带来了严重影响。

望梅止渴

曹操见将士们一个个舔着干裂的嘴唇,勉强行走,心里非常焦急。

曹操略微思索了一下,猛地用马鞭指着前方说:"将士们,我知道前面有一大片茂盛的梅林,那里的梅子又大又好吃,我们快点赶路,绕过这个山丘就到梅林了。"将士们一听有梅子吃,就自然而然地想象起酸味,从而流出口水,顿时不觉得那么渴了,精神大振,步伐也加快了许多。

[哲学启示]

这则故事反映了人的消化系统与梅酸的联系,这种联系可以用条件反射来解释,表明人的意识是物质的产物,是人脑的机能,是物质的反映。当看到梅林时,会分泌唾液,这是在第一信号系统基础上的反映。而当听到梅林,通过语言引起的反射,分泌了唾液,这是在第二信号系统基础上的反映。

10. 换个心境想

古时有个老奶奶,有两个儿子,大儿子卖草鞋,小儿子卖雨伞。如果遇到天阴下雨,老奶奶就发愁了:"不好了! 大儿子的草鞋卖不出去了。"可是等到晴天出太阳,她又发愁:"太糟了! 小儿子的雨伞又卖不出去了。"她整日愁眉苦脸。

后来,老奶奶遇到个智者,告诉她:"老人家,您应当换个心境想问题。下雨时想:'太好了! 小儿子的雨伞可以卖出去了。'出太阳时想:'太好了! 大儿子的草鞋可以卖出去了。'"果然老奶奶的心情变好了:不论天气怎样,她都很高兴,每天活得开开心心、乐乐呵呵。由于母亲心情舒畅,儿子们的生意也好了许多。

[哲学启示]

辩证唯物论认为,意识具有能动性,它是对物质的能动的反映,又对物质具有能动的反作用。高昂的精神催人奋进,萎靡的精神使人消沉。在现实生活中,有的人总是被事情的阴暗面困扰着,从来都没有用积极的心态去看问题,使生活陷入困境。故事中老奶奶的两个儿子仍然做卖雨伞和卖草鞋的生意,天还是老样子,雨照下,天照晴,但老奶奶的心情变了,只是用积极的心境看待事物,生活的色彩竟然焕然一新。

控制心态是一种能力。乐观的心态能使人从容应对各种困难和挫折,从而获得更大更多的发展空间;而悲观的心态会使人萎靡不振、不思进取,也因此失去许多发展的机会。无论从事什么职业,无论处在什么岗位,始终保持积极、乐观、向上的心态,是成就事业的重要保障。

11. 都是欲望惹的祸

从前,有一个富翁,他虽然很有钱,但是他一天到晚愁眉苦脸,难得有一个笑脸。在富翁的隔壁,住着一家磨豆腐的小两口。这小两口一天到晚,歌声、笑声、逗乐声,不断地传到了富翁的家里。

富翁夫人问自己的丈夫:"哎,我们有这么多的钱,为什么还整天愁眉苦脸呢?还不如隔壁家磨豆腐的小两口快乐呢?"富翁说:"这有什么,我明天就可以让他们笑不出来。"到了晚上,这位富翁隔着墙,扔过去了一锭黄金。第二天,磨豆腐的小两口捡到了这锭金子之后,快乐的声音果然没有了。

原来这小两口捡到了天上掉下来的金元宝之后,觉得自己发财了,磨豆腐这种又苦又累的活,以后就不想再做了。可是做生意的话,钱赔了,怎么办? 不做生意呢,这点钱总会坐吃山空。丈夫心里还在想:"我生意要是做大了,我是不是该休了现在这个黄脸婆呢?"妻子在想:"早知道能够发财,当初,我就不应该嫁给这个臭磨豆腐的。"小两口都在想各人的好事,谁也没有心思去说笑话了,烦恼占据着他们的心。更令小两口痛苦的是,为什么天上不多掉几个金元宝呢?这样,他们就能想买什么就买什么了啊。

[哲学启示]

这则故事告诉人们:意识对于人体生理活动有着能动的反作用。知足,才能常乐。生活,原本没有痛苦,当你有了欲望之后,你就会不知足,你就会痛苦。财富、地位、名利,这些让许多人欲罢不能的东西,实际上只是生活的装饰,并不是生活的本身。

在现实生活中,我们要放下对别人的生活羡慕嫉妒的眼光,放下内心的固执与较真,学会享受生活所带来的快乐与宁静。做一个快乐、幸福、知足的人,忘记年龄,忘记名利,忘记怨恨,忘记烦恼。把健康作为第一要义,活得糊涂一点,活得潇洒一点,活得快乐一点。

12. 昂起头来真美

珍妮是个总爱低着头的小女孩,她一直觉得自己长得不够漂亮。有一天,她到饰物店去买了只绿色蝴蝶结,店主不断赞美她戴上蝴蝶结真漂亮。珍妮虽不信,但还是挺高兴的,不由昂起了头,急于让大家看看她的蝴蝶结,出门时与人撞了一下都没在意。珍妮走进学校,迎面碰上了她的老师,"珍妮,你昂起头来真美!"老师充满爱意地拍拍她的肩说。

那一天,她得到了许多人的赞美。她想一定是蝴蝶结的功劳,可往镜前一照,头上根本就没有蝴蝶结,原来蝴蝶结就在她走出饰物店与人相撞时被碰掉了。

[哲学启示]

意识对于人体生理活动具有调节和控制作用。高昂的精神可以催人向上,使人奋进;萎靡的精神则会使人悲观消沉,丧失斗志。自信原本就是一种美丽,而很多人却因为太在意外表而失去很多快乐。

这则故事启示人们:无论是贫穷,还是富有,无论是貌若天仙,还是相貌平平,只要你昂起头来,自信会让你变得更加可爱。

13. 驾船高手

有一个老汉是方圆百里有名的驾船高手,在海上风风雨雨几十年,不知遭遇了多少巨浪和风暴,每次他都能化险为夷。

一位年轻人想拜老汉为师,跟他学习海上驾船本领。而老汉却说:"真正的驾船高手,不是我,而是我的邻居。"年轻人认识老汉的邻居,他虽然也在海上驾船几十年,但却平平淡淡,从来没有听到过有什么与大风暴搏斗的英雄壮举。老汉说:"邻居的高明,正是他能防患于未然,每当大风暴来临之前,他总能及时地预见风暴,并能巧妙地避开风暴,所以也就从来没有遭遇过风暴。"老汉感叹道:"人们只看到我与风暴搏斗的壮举,却没有看到邻居预见风暴和避开风暴的智慧和高明。"

[哲学启示]

意识活动具有主动创造性,意识对客观世界的反映是主动的,有选择的。人的意识不仅能够"复制"当前的对象,而且能够追溯过去,推测未来。真正的驾船高手,不是勇敢地去征服风暴,而是有先见之明,机智地去避开风暴。

　　有先见之明之人,是有着见微知著的智慧,善于通过细节来判断事物的发展趋向,并做出有利于自己的选择。有先见之明的人头脑睿智,目光敏锐,洞察世事,明晰事理,凡事看得准、看得清、看得远。

14. 曲突徙薪

　　有位客人到某人家里做客,看见主人家的灶上烟囱是直的,旁边又有很多柴火。客人告诉主人说,烟囱要改曲,柴火须移去,否则将来可能会有火灾。主人听了觉得没有必要。

曲突徙薪

　　不久主人家里果然失火,邻居们都跑来救火,火被扑灭了。主人为救火的邻居,宰牛烹羊,宴请四邻,却没有请当初建议他将柴火移走、烟囱改曲的邻居。有人就对主人说:"如果当初你听了那位客人的话,今天就不用准备宴席,而且也没有火灾的损失。"主人顿时醒悟,赶紧去邀请当初给他建议的邻居。

[哲学启示]

这则成语故事,说明意识活动具有预见性,要消除可能导致事故发生的因素,防患于未然。"防患于未然"是指错误的思想、行为还未出现之前,就要采取措施预先防备。俗话说:"预防重于治疗。"能防患于未然,更胜于治乱于已成。

古人云:"防微杜渐,而禁于未然"。对问题的预防者,其实是优于对问题的解决者的。

15. 两个求职者

有两个年轻人到一家公司求职,经理问第一位求职者:"你觉得你原来的公司怎么样?"求职者面色阴郁地答道:"唉,那里糟透了。同事们尔虞我诈,钩心斗角。部门经理粗野蛮横,以势压人。整个公司暮气沉沉,工作在那里令人感到十分压抑,所以我想换个理想的地方。"经理微笑着说:"我们这里恐怕不是你理想的乐土。"于是,这个年轻人满面愁容地走了出去。

第二个求职者也被问到这个问题,他笑着回答:"我们那儿挺好,同事们待人热情,乐于互助。经理们平易近人,关心下属。整个公司气氛融洽,工作得十分愉快。如果不是为了更好地发挥我的特长,我真不想离开那儿。"经理笑吟吟地说:"恭喜你,你被录取了。"

[哲学启示]

辩证的唯物论认为,意识对于人体生理活动具有调节和控制作用。我们的生活状态在很大程度上取决于我们对生活的态度,取决于我们看待问题的方式。每个人的人生都是从一张白纸开始的,悲观者总是在生活中寻找缺陷和漏洞,所看到的都是黯淡;而乐观者则会从中发现潜在的希望,描绘出亮丽的色彩。

16. 宁静的真谛

国王想要一幅最具宁静意境的画。很多画师将自己的作品送到皇宫:有黄昏的森林,有宁静的河流,有小孩在沙地上玩耍,有彩虹高挂天上,有沾了几滴露水的玫瑰花瓣……

有一幅画画了几座山,山形阴暗嶙峋,山峰尖锐孤傲。山上的天空漆黑一片,闪电从乌云中落下,冰雹和暴雨倾盆而下。这幅画和其他作品格格不入,不过如果仔细一看,可以看到险峻的岩石堆中有个小缝,里面有个鸟窝。尽管身旁狂风暴雨,小鸟仍然安静地蹲在窝里。

国王将朝臣召唤过来,将赏金颁发给画这幅画的画师,并解释了原因。他的理由是:宁静,并不是要到全无噪声的地方才能找得到。如果内心宁静祥和,即使身处逆境也能维持心中一片清澄。

[哲学启示]

真正的宁静,不是避开车马喧嚣,而是在心中修篱种菊。无论外界多么静美的"情境",都比不上心中宁静的"意境"。这表明意识是人脑的机能,人的意识具有能动作用。

保持心灵的宁静,是对人生的大彻大悟。生活的河流有时风平浪静,有时跌宕起伏,只有真正守住心灵的宁静,才能在风云变幻的生活中处之泰然。在这种心灵的宁静之中,一切的烦躁、诱惑都逃之夭夭了。宁静不但能为我们带来心灵的安宁,更能让我们享受生活的乐趣。

17. 丘吉尔的长寿秘诀

丘吉尔是英国历任首相中的长寿者。他的长寿秘诀之一就是善于睡眠。

丘吉尔精力充沛，一向是大干、酣睡。在其任职期间，正处于第二次世界大战时期，局势极不稳定，瞬息万变，国事极其繁忙。他日理万机，每日睡眠时已筋疲力尽，躺下便睡着，从不失眠。他常对记者说："我每天大约在凌晨三点睡眠，上床时如释重负，睡得很香。"

丘吉尔每天还保持一个多小时的午睡，以便养精蓄锐，使晚上精力充沛。他常常向周围的人宣传午休的好处。

除此之外，丘吉尔还非常喜欢运动，爱好骑马、打棒球、画画、观赏动植物，有时还参加一些体力劳动，做到动静结合，劳逸结合。

[哲学启示]

辩证的唯物论认为，一个人心浮气躁时，方寸已乱，必然会导致举止失常，进退无据，难免会失去正确的判断力。反之，心静神定，泰然自若，便听不到外界的喧嚣和嘈杂，为人处世就不会失于轻率。能让内心保持宁静的人，才是最有力量的人。每临大事有静气，方为大家风范。

一个人享受宁静，就要保持心境平和、心理平衡。灵魂在宁静中净化，身体在宁静中康健。有了宁静的心态，就会抛掉心中的"病块"，去掉心中的烦恼，就会吃得香、睡得好，进而保持身心健康。

18. 谁是最优秀的

1960 年,哈佛大学的罗森塔尔博士在加州一所学校做过一个著名的实验。

新学年刚开始时,罗森塔尔博士让校长把三位教师叫进办公室,对他们说:"根据你们过去的教学表现,你们是本校最优秀的老师。因此,我们特意挑选了一百名全校最聪明的学生组成三个班让你们教。这些学生的智商比其他孩子都高,希望你们能让他们取得更好的成绩。"

三位教师听了很高兴,并表示一定尽力让这些学生取得更大的进步。校长又叮嘱他们,对待这些学生,要像平常人一样,不要让学生或其家长知道他们是被特意挑选出来的,更不要让他们知道他们是全校最优秀的。

一年之后,这三个班的学生的成绩果然排在整个学区的前列。这时,校长告诉了三位教师真相:这些学生并不是刻意选出来的最优秀的学生,只不过是随机抽调的最普通的学生。三位教师得知真相后面面相觑,惊讶得说不出话来,他们无论如何都没有想到事情竟会是这样,于是,他们都转而认为自己的教学水平确实高。这时校长又告诉了他们另一个真相,那就是,他们也不是被特意挑选出来的全校最优秀的教师,也是随机抽调出来的。

这个结果正是博士所料到的:这三位教师都认为自己是最优秀的,而且学生又都是高智商的,因此对教学工作充满了信心,工作自然非常卖力,教学成绩肯定会非常好。

[哲学启示]
辩证的唯物论认为,意识对改造客观世界具有指导作用,对于

人体生理活动具有调节和控制作用。意识是对物质的能动的反映,又对物质具有能动的反作用。高昂的精神可以催人向上,使人奋进。

我们在做任何事情之前,若能够充分肯定自我,那么在努力的过程中就有足够的信心和勇气,去战胜困难,迎接竞争,这就等于已经成功了一半。所以,一个人在面对挑战时,不妨告诉自己:我就是最优秀的。

19. 名利与幸福不能画等号

美国罗切斯特大学的研究人员在对 147 名大学毕业生进行跟踪调查,对他们的人生目标和幸福指数进行评估。评估工作分别在被调查者大学毕业 1 年后和首次评估 1 年后进行。

研究发现,在被调查者中很多名利双收的人不仅没有感到幸福,反而觉得生活没有意义,而真正感到幸福的人是那些实现了自我价值的人。研究人员将自我价值界定为重视个人能力培养,拥有亲情和友情,以及热心于公益事业等。

[哲学启示]

"精神不是万能的,但没有精神是万万不行的。"有人认为,拥有了金钱就收获了幸福,有人认为获得了名誉就收获了幸福。然而实践证明,真正的幸福往往来自于精神上的满足,而非仅仅物质欲望的满足。因此,那种把名利与幸福画等号的观点,本身就是一个悖论。

在现实生活中,幸福是不能描写的,而是内心的真实体会。幸福不是给别人看的,重要的是自己心中充满快乐的阳光。也就是说,幸福是一种感觉,幸福掌握在自己手中,这种感觉应该是愉快的,使人心情舒畅、甜蜜快乐的。

20. 挑剔的顾客

19 世纪初,鲍里斯在巴黎开了一家餐厅。一天,有个喜欢刁难别人的富翁来到这里,他想要吃一份土豆。

土豆在当时的法国是比较稀罕的食物,为了不浪费土豆,人们一般都选择将整个煮熟后咬着吃。不过,这个富翁要求:"我不要整个咬着吃土豆,我希望吃的时候自己更像绅士!"鲍里斯就把刨了皮的土豆切成一片一片,但是富翁仍不满意,认为太厚了。

鲍里斯只能重新切了两个土豆,这一次他把土豆切得很薄很薄,就像是纸片一样,富翁这才满意地点点头,让鲍里斯把土豆煮熟,但是煮熟之后,富翁又抱怨说:"不行,煮得这么软,都变成土豆糊了,我怎么吃?"

怎样才能让土豆又薄又硬呢?鲍里斯终于想到了办法,他重新切了一份土豆片,不过这次他没有在水里煮,而是在油里炸,炸好后又撒上了胡椒和盐。端上桌以后,富翁终于满意地点点头说:"这真是一个不错的吃法,味道也很好!"鲍里斯非常高兴,接着,他对着那份一碰就烂成糊的土豆又思考了起来,这种土豆能不能有别的吃法呢?他想了想,干脆全部捣成糊状,加上调料后,味道居然非常不错。

从此,鲍里斯的餐厅里就多了这两道土豆招牌菜:炸薯片和土豆泥,吸引了众多慕名而来的客人。

[哲学启示]

人的意识活动具有自觉选择性和主动创造性。不要抱怨别人对你太苛刻,其实这正是一次历练的好机会。懂得把握这种机会的人,往往能将自己的人生提升到更高的境界。

一位企业家曾说过:"不要总抱怨别人,要从改变自己做起。"在现实生活中,不要总是埋怨别人,应该好好反省自己。与其抱怨别人,不如改变自己。

21. 刻舟求剑

战国时期,有一楚人坐船渡江。船行到江心,他一不小心把随身携带的一把宝剑掉落江中。船上的人对此感到非常惋惜,但见那楚人不慌不忙地掏出一把小刀,在船舷上刻上了一个记号,并向大家说:"这是我宝剑落水的地方,我要刻上一个记号。"

刻舟求剑

大家虽不理解他为什么这样做,但也不再追问他。船靠岸后那楚人立即从船上刻记号的地方下水,捞取掉落的宝剑。捞了半天,不见宝剑的影子。他觉得很奇怪,自言自语地说:"我的宝剑不就是在'这'掉下去的吗?我还在'这'刻了记号呢,怎么会找不到了呢?"

至此,船上的人哈哈大笑起来,说:"船一直在行进,而你的宝剑却沉入了水底不动,你怎么能在'这'找得到你的宝剑呢?"

[哲学启示]

这则故事,一般比喻死守教条、拘泥成法、固执不知变通的观念。它告诉我们:世界上的一切事物,总是在不断地运动变化发展的,运动是绝对的、无条件的,静止是相对的、有条件的。

人不能死守教条,不能只凭主观愿望做事情。情况变了,解决问题的方法、手段也要随之变化。以静止的眼光看待变化发展的事物,是形而上学的观点,必将导致错误的判断。

22. 人不能两次踏进同一条河流

一天,一些慕名之人向古希腊哲学家赫拉克利特请教"万物皆流转,无物常在,亦无物永为同一之物"的问题时,赫拉克利特给他们反复讲了几次,他们仍不明白。

于是,赫拉克利特把他们领到河边,指着河流说:"人不能两次踏进同一条河流","一切皆流,一切皆变"。说后,他便踏进了河流,然后走出来,又踏了进去。赫拉克利特解释说:"当我第一次踏进河流时,腿接触了河水,但由于河里的水是流动的,所以当我第二次又踏进河流时,第一次与腿接触的河水已流走了,然而表面上的我还是在这条河流之中。这就说明,万物皆像流水,没有一瞬的止息,一切都是在流动的,一切都是在变化的。"众人听了赫拉克利特的演示与解说,豁然开朗。

[哲学启示]

辩证唯物主义认为,物质世界是绝对运动与相对静止的统一。只承认静止而否认运动的观点,是形而上学的不变论;只承认绝对运动而否认相对静止,则导致相对主义与诡辩论。

故事中,赫拉克利特用非常实用的演示和简洁的语言概括了他关于运动变化的思想。在他看来,宇宙万物没有什么是绝对静止的和永远不变的,一切都在运动和变化之中。

23. 变化的我

有一次,欧布利德向邻居借了一笔钱,约定一个月后归还。期限到后,邻居向他讨钱,他却故作惊讶地说:"我没有借您的钱呀!"

邻居说:"你忘了吗? 是上个月向我借的。"

"对,上月是我借了您的钱,不过,你应该知道'一切皆流,一切皆变',现在的我已经不是上月向您借钱的我了,您怎么能叫现在的我为过去的我还钱呢?"欧布利德耍赖地说。

邻居见他这般蛮不讲理,盛怒之下,跑回去拿来一条木棒,把欧布利德痛打了一顿。

"好,你打人啊! 等着瞧吧,我要到法院去控告你。"欧布利德不服气地说。

邻居听后,大笑道:"你去控告谁呢? 你不是说'一切皆流,一切皆变'吗? 现在的我,已经不是刚才打你的我了。你要告,就告刚才打你的那个我吧!"

欧布利德自作自受,搬石头砸了自己的脚,他无话可说了。

[哲学启示]

世界上一切事物都处在运动、变化中,没有不运动的物质,因而运动是无条件的、永恒的和绝对的。但是,就物质的具体存在方式来说,它又有静止的一面。辩证唯物主义所讲的静止主要有两方面的含义:一是说事物在它发展的一定阶段一定时期,其根本性质没有发生变化;二是说物体相对于某一参照系来说没有发生某种运动。因此,静止是有条件的、暂时的和相对的。

故事里的欧布利德借口"一切皆变",夸大运动的绝对性,从而否认了事物的相对静止状态,必然导致诡辩论。

24. 父子与驴

古时有父子俩进城赶集,天气很热。父亲骑着驴,儿子牵着驴走。一位过路人看见这爷俩,便说:"这个当父亲的真狠心,自己骑着驴,却让儿子在地上走。"父亲一听这话,赶紧从驴背上下来,让儿子骑上驴,他牵着驴走。

父子与驴

没走多远,另一位过路人说:"这个当儿子的真不孝顺,老爹年纪大了,不让老爹骑驴,自己却优哉地骑着驴。"儿子一听此言,心中惭愧,连忙让父亲也骑上驴,父子二人共同骑驴往前走。

走了不远,一个老太婆见父子俩共骑一头驴,便说:"这爷俩的心真够狠的,一头驴怎么能禁得住两个人呢?可怜的驴呀!"父子俩一听也是,又双双从驴背上下来,谁也不骑了,干脆牵着驴走路。

走了没几步,又碰到一个老头,指着他爷俩说:"这爷俩都够蠢的,放着驴子不骑,却愿意走路。"父子俩一听此言,呆住了,他们已经不知该怎样对待自己和这头驴了。

[哲学启示]

这则故事告诉我们:做事时,不要在乎别人的议论,努力做就好。无论我们做什么事情,都要从自己的实际出发,根据自身的具体情况拿主意,不要太在意别人是如何评价的。

在现实生活中,像他们父子这样的大有人在。其实,只要我们认为做的是对的,没有违背法律与道德,就不要太在意别人对自己的看法与评价。同时,也要客观看待别人对你的评价,不可看得太重也不可充耳不闻。总之,自己的感受才是最重要的。

25.临事而惧

乾隆二十一年,刘墉赴任安徽学政,这是刘墉初入仕途。临行前,其父刘统勋赠墨一幅:临事而惧。为官期间,刘墉时刻牢记父亲的教诲,对科场积弊、官场恶习进行了力所能及的整肃和变革,为百姓做了大量的好事实事,留下了很好的口碑。

因刘墉为官清正廉洁,处事缜密,后奉调入京出任左都御史。无论是做地方小官,还是官至宰相,他一直牢记父亲的嘱托:临事而惧,从不骄横,始终谦虚谨慎。

[哲学启示]

"临事而惧",出自《论语·述而》,"惧"在这里是戒惧的意思。意为遇到事情,应从实际出发,谨慎对待,做事要认真分析,仔细考虑,谋划充分才能成功。临事而惧,不是瞻前顾后、胆小怕事,而是三思而后行,言必信,行必果,战必胜。

临事而惧,是一种工作态度,是一种思想方法,是一种精神品格。一个人想成事,想干好事,临事而惧是必备的一种智慧、韬略、品格、精神和修养,它体现的是一种责任态度、使命意识和担当精神。

26. 顺势而为

参观完一位根雕大师的雕刻作品后,参观者好奇地问根雕大师:"您雕什么像什么,每件作品都栩栩如生,您是怎样做到的呢?"

"恰恰相反,我不是雕什么像什么,而是像什么就雕什么。"根雕大师纠正说,"原材料像猴,我就把它雕成猴;原材料像虎,我就把它雕成虎。我只是做了一些顺势而为的事罢了。如果不顾材料的原形和原貌,率性而为,想怎么雕就怎么雕,想雕什么就雕什么,那么雕出来的作品必定是次品、残品或废品。"

[哲学启示]

根雕大师的寥寥数语,让人们悟到了根雕艺术的真谛。一个人不管做什么事情,一定要从客观实际出发,用客观的眼光看清形势,顺着大势作决定。而非忽视客观实际,凭借主观臆断作出盲目的决策。

要做到从实际出发,不仅要反对教条主义和经验主义,还要做到从全面的实际出发,从整体的实际出发,从变化发展的实际出发。

27. 存在就是被感知

英国著名哲学家乔治·贝克莱有一句名言"存在就是被感知"。有一次,别人问他:"贝克莱先生,假设您站在悬崖边上,闭上您的眼睛,您敢纵身一跃吗?"贝克莱哑口无言。

又有一次,贝克莱与一位朋友在花园里散步,这位朋友一不小心踢在一块石头上。朋友马上对贝克莱的"存在就是被感知"的观点提出了疑问:"我刚才没有注意到这块石头,那么这块被我踢了一脚的石头是否存在呢?"

[哲学启示]

这个故事是对主观唯心主义的绝妙讽刺。"贝克莱哑口无言",贝克莱的朋友对贝克莱的"存在就是被感知"的观点提出了疑问,均表明"悬崖""石头"是一种客观存在的事物,是不以人的主观意志为转移的,无论你是否感知到它,它都是实实在在存在着的。

28. 让石头在水上漂起来

有一个智者在向他的听众宣讲时问道:"谁能知道怎样才能让石头在水上漂起来?"

于是有人说"把石头掏空",智者摇头;又有人说"把它放在木板上",智者笑说:"没有木板";也有人说"石头是假的",智者强调:"石头是真的"……终于,一个小孩子站起来大声喊道:"打水漂!"智者点了点头,脸上露出了满意的笑容。

[哲学启示]

《孙子兵法》载有"激水之疾,至于漂石者,势也。"这说明速度决定着石头能否漂起来。人生没有为你准备等待的机会,你只有与时间赛跑,才有可能会赢。赶在别人前头,不要停下来,这是竞争者的状态,也是胜利者的法宝。

美国启蒙运动的开创者富兰克林在他的《致富之路》中指出"时间就是生命""时间就是金钱"。如果你想让时间为你创造价值,那么,你工作的速度就要以秒来计算,要分秒必争地捕捉瞬息万变的有效信息。

29. 郑人买履

春秋时期,有个郑国人,打算到集市上买双鞋穿。他先把自己脚的长短量了一下,做了一个尺码。他在集市上,在一个卖鞋的摊位上,看上了一双自己喜欢的鞋。正要买鞋,却发现尺码忘在家里了,就对卖鞋的人说:"我把鞋的尺码忘在家里了,等我回家把尺码拿来再买。"说完,就急急忙忙地往家里跑。

他匆匆忙忙地跑回家,拿了尺码,又慌慌张张地跑到集市。这时,天色已晚,集市已经散了。他白白地跑了两趟,却没有买到鞋子。

别人知道了这件事,觉得很奇怪,就问他:"你为什么不用自己的脚去试试鞋子,而偏偏要回家去拿尺码呢?"这个买鞋的人却说:"我宁愿相信量好的尺码,也不相信我的脚。"

郑人买履

[**哲学启示**]

　　在现实生活中,类似"郑人买履"的人也为数不少。有的人说话办事只从书本出发,书本上写到的,就相信;书本上没有写但实际生活中存在着的,就不信。

　　这则寓言故事讽刺了那些墨守成规的教条主义者,因循守旧,不思变通,终将一事无成。告诫人们对待事物要灵活变通,随机应变,更应该注重客观现实,为人处事要从客观实际出发。

30. 有黑点的珍珠

　　有个渔夫无意中得到一颗大珍珠,爱不释手。然而,珍珠上面有一个小黑点。渔夫想,如能将小黑点去掉,珍珠将变成无价之宝。于是,他就用刀子把黑点刮掉。可是,刮掉一层,黑点仍在,再刮一层,黑点还在,刮到最后,黑点没了,珍珠也变成一颗不值钱的小珍珠了。

[哲学启示]

人们往往想追求完美无缺的事物,本是无可厚非的,然而,这种愿望落空也是经常发生的。优点与缺点,长处与短处,相比较而存在,即便是最好的,也不等于是最完美的。

这则故事告诫人们,追求高标准自然是美好的愿望,但凡事宜从客观存在的事实出发。

尊重客观规律

　　规律是事物运动过程中固有的、本质的、必然的、稳定的联系。规律是客观的，是不以人的意志为转移的，故规律又称客观规律。规律既不能被创造，也不能被消灭。规律是普遍的，自然界、人类社会和人的思维，在其运动、变化和发展的过程中，都遵循其固有的规律。没有规律的物质运动是不存在的，没有规律的世界是不可思议的。

　　规律的客观性和普遍性要求我们必须遵循规律，按规律办事，而不能违背规律。一旦违背规律，人就会面临灾难，必然受到规律的惩罚。同时，在规律面前，我们并非无能为力的。我们可以在认识和把握规律的基础上，根据规律发生作用的条件和形式利用规律，改造客观世界，造福人类。

　　一切从实际出发，解放思想，实事求是，与时俱进，求真务实，是尊重客观规律的基本要求，也是发挥人的主观能动性的基本要求。

31. 自相矛盾

　　战国时期,楚国有个卖兵器的人,在集市上卖矛和盾。为了让大家愿意买他的"予"与"盾",他先举起盾向人们夸口道:"你们看,我的盾是世上最坚固的盾,任何锋利的东西都不能刺穿它。"接着他又举起他的矛,向人们吹嘘说:"你们再看看我的矛,它锋利无比,无坚不摧,无论多么坚硬的盾,都挡不住它,一刺就穿!"

自相矛盾

　　围观的人就问道:"依你的说法,你的矛无论怎样坚硬的盾都能刺穿,而你的盾又是无论多么锋利的矛也不能把它刺穿。那就拿你的矛来刺你的盾吧,看看结果怎么样?"卖兵器的人听了,张口结舌,无从回答。

[哲学启示]

辩证唯物论认为,世界是物质的,物质是运动的,物质运动是有规律的,规律是客观的。人们想问题、办事情要坚持一切从实际出发,实事求是。这则故事的寓意是要说实话、办实事,不要违背了事物的客观规律。故事同时告诫人们:说话做事前后不能自相矛盾,要实事求是,三思而后行。

在现实生活中,我们要培养"老实"这一朴素的品质,保持老实人的风采,说老实话,办老实事,做老实人。说老实话,就是要言行一致,表里如一;办老实事,就是要爱岗敬业,恪尽职守;做老实人,就是要诚实守信,严于律己。

32. 揠苗助长

战国时期,宋国有个农夫,种了稻苗后,便希望能早早收成。每天他都到稻田去看那些稻苗,觉得稻苗长得非常慢,等得实在不耐烦,心想:"怎样才能使稻苗长得高、长得快呢?"想了又想,他终于想到一个"最佳方法",就是将稻苗拔高几分。经过一番辛勤劳作后,他满意地扛着锄头回到家中,对家人说道:"今天可把我累坏了,我帮助庄稼苗长高了一大截!"他儿子赶快跑到地里一看,稻苗全都枯死了。

[哲学启示]

辩证唯物主义认为,物质运动是有规律的,规律是事物运动过程中固有的本质的必然的稳定的联系。事物之间的内在的必然的联系,决定着事物发展的必然趋向。规律是客观的,它的存在和发生作用是不以人的意志为转移的。如果违背客观规律,不仅办不好事情,而且会遭到规律的惩罚。

这则故事就是对违背客观规律者的警示,我们应从中得到启示:在认识和改造客观世界的过程中,切记一定要按客观规律办事,把发挥主观能动性和尊重客观规律结合起来,把高度的革命热情同严谨踏实的科学态度结合起来。

33. 鲁王养鸟

有一天,从鲁国的城外飞来一只奇异的海鸟,非常美丽。老百姓从来没有见过这种鸟,扶老携幼前去观看。

消息传进宫内,鲁王以为是神鸟下凡,命人把鸟捉进宫中供养在庙堂之上。他让宫廷乐队为海鸟演奏庄严肃穆的宫廷乐曲,让御膳房为海鸟摆下最丰盛的酒席。可是那只海鸟却被这种场面吓得惊慌失措,连一片肉也不敢尝,一滴水也不敢喝。仅过了三天,就又饿又渴而死。

[哲学启示]

辩证的唯物论认为,规律是客观的,人们要遵循规律,按客观规律办事。这则故事告诉人们:人有人的生活规律,鸟有鸟的生活习性。鲁王把自己的生活习惯完全套用在海鸟的身上,结果却使海鸟遭了殃。

在现实生活中,人们做任何事情,都不能单凭主观想象,而必须遵循事物本身的客观规律,否则就有可能事与愿违,招致失败。

34. 生木造屋

宋国大夫高阳应打算盖一幢房子。他请来了很多木匠去伐树,刚砍回来的树木堆在院子里,他就对木匠说:"现在木材已经齐了，你们可以动工了。"木匠说："不行啊！这些木材都是刚伐回来的，还没干，如果把泥抹上去，一定会被压弯。用新砍下来的湿木料盖房子，刚盖成时虽然看起来挺牢固，可是过些日子就要倒塌的。"

高阳应自以为聪明地说："照你的话说，我这房子倒是保险倒不了。因为日后木材会越干越硬，泥土会越干越轻，以越来越硬的木材承担越来越轻的泥土，房子自然就倒不了。"

木匠虽有丰富的经验，知道生木头是不能盖房子的，但自以为是的高阳应讲得这么头头是道，木匠无从辩驳，只好听从他的吩咐去做。

高阳应的房子刚盖成时，看起来还是不错的，但住了一段时间后果然倒塌了。

[哲学启示]

辩证的唯物论认为，规律是客观的，是不以人的意志为转移的。人们做事情必须遵循客观规律，按客观规律办事。故事中的高阳应违背盖房规律，按照自己的主观意志瞎指挥，必然导致房子倒塌的恶果。

在现实生活中，我们要按客观规律办事，首先要尊重规律，承认规律的客观性。同时，还要发挥人的主观能动性，积极地探索规律、掌握规律，并能结合实际条件运用规律，造福于人类。

35.庖丁解牛

从前，有一个叫庖丁的厨师，特别善于宰牛。梁惠王知道后，便请他为自己宰牛剔肉。庖丁宰牛剔肉时，凡是手碰到的地方，肩靠到的地方，脚踩到的地方，膝盖顶着的地方，都发出淅沥沥、哗啦啦和谐的响声。只见他挥刀一刺，哗的一声，骨肉便分开了。他的挥刀姿势优美，犹如古舞《桑林》的婀娜；宰牛剔肉的声音动听，犹如古乐《咸池》的旋律。

看到这里，梁惠王拍手称赞说："啊，太好了！太好了！宰牛怎么能达到如此神奇的境地呢？"庖丁放下刀子回答说："我知道宰牛的规律，这比掌握一般的宰牛技术更进一步。刚开始宰牛的时候，眼中所见的是一头完整的牛，不知从什么地方才可以进刀。三年以后，我对牛体结构已完全了解，呈现在眼前的，已不再是一头完整的牛了，我知道该怎样剖开牛体。"

庖丁解牛

说到这儿，庖丁见梁惠王大惑不解的样子，又接着解释道："在肢解牛体时，要顺着牛体的自然生理结构，把刀子插进筋骨间缝隙，通过骨节间的孔道，一切动作都完全顺着牛体结构本来的样子进行。刀子所经过的地方，连经络、筋腱都没有碰过，更何况那些大骨头呢。一般的厨师，一个月换一把刀，这是因为他们在肢解牛体时，要用刀子去砍骨头；好的厨师，一年换一把刀，这是因为他们要用刀割肉。"说到这儿，庖丁拿起自己的刀，掂了掂说道："我的这把刀,已经用了十九年了,宰的牛也有几千头了,然而刀锋还像刚刚在磨刀石上磨过一样锋利。要知道,牛的骨节之间是有空隙的,刀锋却薄得几乎没有厚度,把这样的刀锋插入有空隙的骨节之间是宽宽绰绰的,舞动刀子也有回旋的余地。尽管如此,我也从不掉以轻心,每当遇到筋骨交错聚结的地方,我便把动作放慢,下刀也很轻。当牛体'哗'地一下分开,像泥土一样散落在地上时,我便提刀站立,环顾四周,从容自得,心满意足,把刀子插拭干净,好好地收藏起来。"

听到这里,梁惠王说:"太妙了! 听你的这番话,我从中悟出了治国的大道理啊!"

[哲学启示]

这则寓言故事,阐述了解牛必须按牛自身的构造出发,不能蛮干,要遵循解牛的规律。要想解好牛就必须充分发挥主观能动性,去认识,去实践。

同时故事告诫人们,世上事物纷繁复杂,只要反复实践,掌握了它的客观规律,做事时就能得心应手,运用自如,遇到问题也能迎刃而解。世间万物都有其固有的规律性,只要你在实践中做一个有心人,不断摸索,久而久之,就会熟能生巧。

36.胸有成竹

北宋时期,有一位名叫文同的著名画家,他是当时画竹的高手。文同为了画好竹子,不管是春夏秋冬、刮风下雨,他都不断地在竹林里钻来钻去。三伏天,日头像一团火,烤得地面发烫,可是文同照样跑到竹林全神贯注地观察竹子的变化。他一会儿用手指头量一量竹子的节把有多长,一会儿又记一记竹叶有多密。汗水湿透了他的衣衫,他浑然不觉。

胸有成竹

有一回,狂风大作,电闪雷鸣,眼看着一场暴雨就要来临。人们纷纷往家里奔。可就在这时,坐在家里的文同,急急忙忙抓过一顶草帽,往头上一扣,就往山上的竹林奔去。他刚走出大门,大雨倾盆而下。文同一心要看风雨当中的竹子,哪里还顾得上雨急路滑。他撩起袍襟,爬上山坡,奔向竹林。当他气喘吁吁地跑进竹林,未顾上抹一下脸上的雨水,就一眨不眨地观察起竹子来。只见竹子在风雨的吹打下,弯腰点头,摇来晃去。文同细心地把竹子受风雨吹打的姿态记在心头。

竹子在春夏秋冬四季的形状有什么变化?在阴晴雨雪天,竹子的颜色、姿势又有什么两样?在强烈的阳光照耀下和在明净的月光映照下,竹子又有什么不同?不同的竹子,又有哪些不同的样子?由于文同长年累月对竹子观察和研究,他对这些问题都摸得一清二楚。晁补之曾称赞文同:文同画竹,胸中早已有成竹了。

[**哲学启示**]

"胸有成竹"是用来比喻人们在做任何事情之前,早就打好了主意,心里早已有了准谱儿。文同画竹之所以挥毫泼墨自如,一方面是由于他本身的国画功底;另一方面则是他长期的实践、观察、研究,从而使自己对竹子的认识从必然走向了自由。

辩证唯物主义认为,必然是指不以人们的意志为转移的客观发展规律,自由是指人们对于客观规律的认识以及对于客观世界的改造。在人们还没有认识到某种规律时,在某方面就没有任何自由而言。一旦人们认识了某种规律,就可以自觉地利用它来改造客观世界,这时人们就掌握了自由。文同画竹就是一个从必然王国进入自由王国的发展过程。

37. 追求忘我

17 世纪,瑞典一富豪人家的女儿不幸患了一种无法解释的瘫痪症,丧失了走路的能力。

一次,女孩和家人一起乘船旅行。船长的太太给孩子讲船长有一只天堂鸟,女孩被这只鸟的描述迷住了,非常想亲自看一看。于是保姆把女孩留在甲板上,自己去找船长。女孩耐不住性子等待,她要求船上的服务生立即带她去看天堂鸟。那位服务生并不知道她的腿不能走路,而只顾带着她一道去看那只美丽的小鸟。奇迹发生了,女孩因为过度地渴望,竟忘我地拉住服务生的手,慢慢地走了起来。从此,女孩的病便痊愈了。

女孩长大后,又忘我地投入到文学创作中,成为第一位荣获诺贝尔文学奖的女性,她就是塞尔玛·拉格洛夫。

[哲学启示]

一个人要想取得成功,必须充分发挥人的主观能动性。忘我是一个人走向成功的一条捷径,只有在忘我的环境中奋斗,人才会超越自身的束缚,释放出最大的能量。

忘我是峰顶,敢于攀登的人才能攀登;忘我是桂冠,勇于冒险的人才能摘得;忘我是门锁,顽强拼搏的人才能打开。人活在世上,必须要有一定的追求。要想达到追求忘我的境界,首先要有正视失败和不怕失败的勇气,同时还必须有艰苦奋斗和不怕吃苦的毅力。忘我的人的目光不会专注在脚后,而是向着更高更远的目标,这才是人生的最高境界。

38. 老猎手用火灭火

一天,一群游客正在南美洲的一个大草原上快乐地追逐嬉戏。忽然,他们身后窜出一团大火,火借风势,直向游客们扑来。就在这生死存亡的惊险时刻,一位老猎人出现在游客们的面前:"各位,别跑了,大家听我的话,动手扯掉这一片干草,清出一块空地来。"游客们见是一位老猎手,觉得他经验丰富,就马上按照他的吩咐,七手八脚地干起来,很快清出了一大块空地。

火是从北面烧过来的,老猎人让大家站在空地的南端,自己跑到空地的北端,并把草堆搬到北边去。望着渐渐靠近的大火,游客中有人恐慌地问:"老猎人,火再烧过来怎么办?""别急,我自有办法。"一会儿,大火快烧近时,老猎人才拿了一束很干的草点燃起来,堆在游客北面的草立刻熊熊地燃烧起来了,竟然逆着风迎着大火方向烧去,这两股火立刻打起架来,火势居然慢慢小了,而留给游客的空间越来越大。两股大火斗了一阵子,终于"精疲力竭",慢慢地熄灭了下来。只剩下大股黄褐色的烟柱,还在草地上不住地盘旋上升。

当获救的游客向老猎人讨教"用火灭火"的奥秘时,老猎人深深地呼出一口气,说:"在烈火上面的空气受热后会变轻而上升,各方面的冷空气就会去补充,这样,在火的边界附近,一定会有迎着火焰流去的气流。等到北面的大火接近我们的草堆时,我把草堆点燃,那么,我们这边的火就会朝着风的相反方面蔓延开去,两股火后面的草都没有了,就会渐渐熄灭。当然,火不能点燃得太早,也不能太迟。"游客们恍然大悟。

[哲学启示]

老猎人以火灭火的故事说明,尊重客观规律是发挥主观能动性的前提。在这场草原大火中,老猎人充分地尊重了野火的规律,把握了野火的特点,并果断地实施了以火灭火的方案,最终利用两火"相斗"成功地扑灭了大火。可见,发挥人的主观能动性必须从客观实际出发,尊重规律,按规律办事。

这则故事还说明,若用"一刀切"的方法来应对处于变化发展的事物,不仅于事无补,甚至还会起到负面作用。

39. 自然之道

一位动物学家对生活在非洲大草原奥兰治河两岸的羚羊群进行研究。他发现,东岸羚羊的繁殖能力比西岸的强,奔跑速度要比西岸的快,身体素质也比西岸的好。对于这些差别,这位动物学家百思不得其解,因为这些羚羊的生存环境和属类是一样的。

有一年,他在动物保护协会的帮助下,在奥兰治河两岸各捉了10只羚羊,并把它们送到对岸。结果,运到西岸的10只羚羊一年后繁殖到14只,运到东岸的10只羚羊只剩下3只了,另外7只全被狼吃掉了。

这位动物学家终于明白了,东岸的羚羊之所以强健,是因为它们附近生活着一个狼群;西岸的羚羊之所以弱小,正是因为缺少这么一群天敌。东岸羚羊矫健强壮的原因竟是它们的敌人,世间的事物竟是如此奇妙有趣。

[哲学启示]

辩证唯物论认为,规律是客观的,是不以人的意志为转移的。人们要遵循自然之道,即遵循大自然的规律。我们不能为了一时的利益,而去改变大自然的规律,否则,就会适得其反。

这则故事说明,联系是普遍的,世界是一个普遍联系的有机整体。联系是客观的,是事物本身所固有的。故事中的羚羊和狼群是相互依赖、相互影响、相互制约的。有狼群的地方,羚羊反而会强大;没有狼群的地方,羚羊反而会弱小。可见,大自然中的动物,其生存是离不开它们的天敌的。

40. 驯狼牧羊

美国动物学家曾经做过这样一个实验:他们把氯化钠药片塞进羊肉里喂狼,狼吃了羊肉后短时间内消化不良,呕吐不止,十分痛苦。尝到了苦头的狼从此对羊肉倒了胃口,改食其他肉类。由于母狼吃什么食物,它的乳汁就具有什么食物的味道,而狼一旦改变了食性,还会影响到幼狼。

在狼改变了食性后,动物学家对其进行驯化,用于看守羊群。狼体力好,善于奔跑,忠于职守,能毫不犹豫地撵回失散的羊。羊见了狼,犹如老鼠见了猫,会乖乖地听从狼的摆布。在野外,狼的主要食物是田鼠等有害动物,驯狼牧羊也间接地保护了森林、草

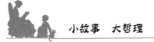

原,有利于生态平衡。

[**哲学启示**]

　　这则故事告诉人们,人在规律面前是能够发挥主观能动性的,从而认识和利用规律。动物学家认识了狼的食性规律,便着手改变狼的食性,进而对其进行训练,使狼从吃羊到牧羊。这是认识和利用规律为人类谋福利的表现。

　　这则故事也同时告诉人们,联系是客观的,但人可以根据事物的固有联系,改变事物的状态,建立新的具体联系。

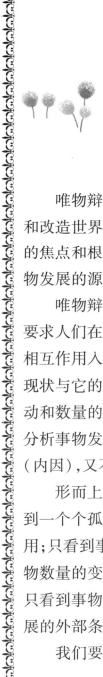

学会辩证思维

　　唯物辩证法既是科学的世界观，又是指导我们认识世界和改造世界的重要思想方法。唯物辩证法和形而上学对立的焦点和根本分歧在于：是否承认矛盾，是否承认矛盾是事物发展的源泉和动力。

　　唯物辩证法主张用联系、发展、全面的观点看问题。它要求人们在观察和分析问题时，要从事物之间的相互联系和相互作用入手，不能只看到一个个孤立的事物；要把事物的现状与它的过去和将来联系起来看；既要看到事物位置的移动和数量的增减，更要看到事物根本性质的变化和发展；在分析事物发展的原因时，要着重抓住事物发展的内部矛盾（内因），又不忽视事物发展的外部矛盾（外因）。

　　形而上学是用孤立、静止、片面的观点看问题。它只看到一个个孤立的事物，看不到事物之间的相互联系和相互作用；只看到事物的现状，看不到事物的过去和将来；只看到事物数量的变化和场所的变更，看不到事物根本性质的变化；只看到事物的某一方面，看不到事物的整体；只看到事物发展的外部条件，看不到事物发展的内在根据。

　　我们要坚持唯物辩证法，反对形而上学。

41. 低头一寸，高看一眼

春秋时期，齐国丞相晏婴有位车夫，名叫吕成。吕成不仅驾车技术好，而且威武雄壮。因为是给丞相驾车，吕成的心里常常有一种优越感，这让吕成在同行面前觉得自己高人一等。

这天，吕成回家看到妻子正在收拾衣物，说要和他分开。吕成很奇怪，仔细询问终于知道了原委。原来，吕成这天驾着马车从自己家门口经过。妻子看到丞相晏婴坐在车上，面部表情非常深沉，一副甘居人下的谦卑态度；而自己的丈夫吕成虽然只是一个车夫，却趾高气扬，不可一世。

妻子说："晏婴贵为丞相，却谦虚谨慎，就连平民百姓他也敬重有加。而你只是一个为丞相驾车的车夫，却常常看不起这个，瞧不起那个。你若不把你高傲的头低下一寸，估计你的死期不远了。与其将来陪你上刑场，不如现在早点分开，还能保全我的性命！"吕成一听，惊出了一身冷汗。他向妻子保证，以后再也不敢了。自此，吕成就像变了一个人似的，工作兢兢业业，谦虚谨慎，对人敬重有加。

晏婴很快发现了吕成的变化，便询问其缘由。晏婴得知实情后，便对吕成高看一眼。经过一段时间的考察，晏婴觉得吕成的品德和才能可以独当一面了，便推举吕成做了大夫。自此，吕成从驾车的人变成了坐车的人。

[哲学启示]

低头并不是承认自己不如别人，而是一种不卑不亢的姿态。低头是退后，而不是退缩，更不是逆来顺受消极颓废。低头是积极面对生活的写照，是积蓄力量瞬间爆发的前兆，是一种生存智慧，更是一种处世之道。

我们要时刻提醒自己,人生的旅途中并不一定总要昂首阔步,多数情况下需要我们低头,看清脚下的路,这样才能度过"险滩"。时时不忘低下自己高昂的头,时时保持谦卑低调的态度,踏踏实实做事,老老实实做人,反而会让别人高看你一眼。真正的成功者就算低着头也会散发魅力,一样会得到别人的尊重和仰视的。

42.巧借表扬赢名声

齐襄王时,田单是齐国的宰相,仁政爱民,把齐国治理得井井有条,深得齐国人的拥戴。一年冬天,田单出行,过淄水时,看见一位老人衣着单薄,赤脚蹚水过河,冻得瑟瑟发抖。田单见了,赶紧把自己穿着的皮衣脱下来给老人穿上。

有人把此事告知齐襄王。齐襄王听了,心里很不舒服,担心田单这样做会威胁到自己的统治,于是准备罢免田单。很多人都想为田单说情,让齐襄王收回成命,可不知道该怎样说才能收到应有的效果。一位谋士对齐襄王劝诫道:"大王,我认为如果因为田单为老百姓做好事就罢免他,百姓听后会心寒的,会觉得您心胸不够开阔,不利于您的统治。其实,只要变通一下,您发出一张文告:'我担心有人在挨饿,田单就收容饥民到府上;我担心有人在挨冻,田单就脱下自己的皮衣给他们穿。他的这种做法我很满意'。这样,田单做了好事,大王表扬他,就等于给大王您加分,老百姓感谢的可是您呀!田单也会因此感激您,死心塌地地为国出力,不敢有非分之想。"

果然,文告一公布,人们谈及田单做的好事时都说:"田单爱护民众给老百姓做好事,那是齐襄王教导的结果呀!"

[哲学启示]

很多时候,不要吝惜对别人的表扬。表扬别人,实际上就是在给自己加分,从而赢得更多人的敬重。同样,不要吝惜对别人的赞美,赞美别人,实际上就是在给自己脸上贴金,从而赢得更多人的钦佩。

赞美是一种境界,是对他人的品格行为、审美尺度、工作业绩的肯定,并能显示出自己坦荡的胸怀;赞美是一种艺术,是怀着一种真诚待人的心态表现出的对生活的热爱和精神上的愉悦;赞美更是一种勇气,它有助于你在现实生活和社会交往中获得更大成功。

43. 摒弃心中那份贪念

西汉开国功臣周勃在随刘邦起兵反秦中屡建战功,被封为绛侯。汉朝建立初年,又率兵平定韩信叛乱,官拜太尉。高祖刘邦死后,周勃又与陈平等一起设计智夺吕家军权,一举消灭吕氏诸王,拥立刘恒为帝,刘恒感念周勃辅佐之功,又升其为右丞相。周勃也毫不推让,慷慨赴任。

因连年征战,周勃少有读书,虽敦厚勤勉,为人朴实,但缺少治国理政的管理才能。有一天,汉文帝刘恒想要了解一下国家的事情,就问右丞相周勃:"全国每年要审理多少案件?"周勃听后,摇摇头小声地回答说不清楚。文帝又问:"全国每年收入多少银两,又需要支出多少银两?"周勃仍是答不上来。无奈,汉文帝只好转过身问左丞相陈平,陈平却对答如流。周勃甚感羞愧,便辞去了右丞相的职务。可是,待陈平死后,他又走马上任。有人曾劝他不要担任丞相,说他不是那块料,可他认为自己军功赫赫,不愿丢失自己的名望。

后来,有人陷害告发说周勃要谋反,文帝便借故免去了他的丞相职务,他被迫回到封地绛县避身。可陷害之人仍不罢休,又罗织罪名把他投入大狱。在狱中,周勃仍不愿放下架子,结果又被狱吏折磨得痛苦不堪,在文帝的过问下,才被放出监狱。出狱后不久,周勃便郁闷而死。

[哲学启示]

不得不承认,周勃具有极高的军事天赋,治军有术,又为人朴实耿直,对汉家王朝也忠心耿耿,但他的下场却是那样可悲,令人唏嘘。他的悲剧看似是政治权术所致,究其原因,其实是他高估了自己。在军事作战上,他能力超群,可以取得惊人的业绩,但在处理政事、与人交往方面他却是门外汉,心有余而力不足,可他又缺乏自知之明,不能为而强为,结果落得可悲的下场,害了家人也害了自己。

这则故事启示我们在工作和生活中,一定要摒弃心中那份贪念,全面估量自己的能力和水平,不贪功、不求名,扎扎实实做自己,绝不能让贪欲迷了双眼。

44. 虞诩增灶

东汉时期有个官吏叫虞诩,他在抵御羌族的入侵时立下了功绩。当时羌人侵犯武都郡,虞诩便被派往武都去做太守,以抗击羌军。羌军得知消息后,派出几千士兵企图把虞诩拦截在陈仓、崤谷一带将其消灭。

虞诩来到陈仓,了解了敌军的意图,暂且按兵不动,故意传出"要上书皇帝请求救兵,等救兵到后再行进"的消息。敌军信以为真,于是分兵抄掠附近各县。虞诩趁着敌军分兵之机,一天一夜行军一百多里,溜入敌后。他又命令部下,每人造两个灶,使军灶的数目一天增加一倍。羌军见虞诩的军灶一天天增加,以为救兵来了,便不敢迫近。有谋士问虞诩:"战国时齐国大将孙膑征战魏将庞涓的战役中,进入魏国国境时立十五万个灶,第二天孙膑命令减到五万,第三天减到三万。庞涓见此状高兴地说:'我本来就知道齐兵胆怯,果然如此。他们开进我国才三天。士兵已经逃跑大半了。'于是以轻兵猛进,结果中了孙膑的埋伏,兵败身亡。孙膑减灶取胜的经验您不采用,反而增灶,这是什么道理呢?兵法上说一日行军不可超过三十里,以防意外,如今您却一天行军一百多里,这又是什么原因呢?"

虞诩回答说:"敌军兵多,我们兵少,走得慢就容易被敌人追上,走得快敌军就摸不清我们的底细了。敌军见我们军灶逐天增加,一定以为武都郡的军队来迎接我们了。他们以为我们人多,又见我们行军很快,就不敢来追赶了。我们和孙膑当时的情况不同,孙膑是为了麻痹敌人,引诱敌人追赶,所以用减灶的计谋故意示弱。现在我们需要吓唬敌人,使敌人不敢追赶,所以必须改用增灶的办法来示强。情况不一样了,战略战术也应该有所改变。"

虞诩打退了羌军的侵犯,使武都郡的百姓得以安居乐业。

[哲学启示]

这则故事包含着两种不同的思维方法。虞诩的用兵之道是辩证的思维方法,他根据具体情况进行具体分析,从而使思想更富有灵活性。如果仍沿用孙膑的用兵之道,脱离实际,死守教条,就是形而上学的思维方法。这两种思维方法所引起的结果是截然不同的。

在现实生活中,我们要坚持唯物辩证法的思维方法,反对形而上学的思维方法。即主张用联系的、发展的、全面的观点看问题,反对用孤立的、静止的、片面的观点看问题。

45. 面对失败,反思自己

唐大历十三年,回纥五千人入侵大唐边境,代州刺史张光晟奉命率军迎敌。当时,张光晟手下有精兵两万多,人数是回纥人的四倍。然而,第一战,张光晟却败于敌手。兵败之后,张光晟的许多部下深为不服,要求再战。在军事会议上,张光晟做出了一个惊人的决定:"不必再战了!"一位部将问道:"将军,我军的数量优于敌军,又有天时地利的优势,再战一定能取得胜利,为何不战?"张光晟心情沉重地说:"你说的不错,我们占据天时地利,兵马数量也在对手之上,却首战告负,可见,是我不如对方的首领,不能很好地凝聚大家的战斗力。我应该检讨,找出自身的毛病,然后再战,才有胜利的把握。"

张光晟没有将失败的原因推到别人身上,反求诸于己,这种精神深深感动了全体将士和当地百姓。在张光晟的指挥下,将士们一面做好战前准备,一面发动百姓,坚壁清野,军民联手,最终大败回纥。

[哲学启示]

不服输固然精神可嘉,而坦然地承认失败和挫折,承认自己不如人,是一种气度与勇气。"失败是成功之母",面对失败,我们不仅要坦然地承认、反思自己的不足,而且要勇于检讨、乐于改进,才能取得最终胜利。

不经历风雨怎能见彩虹? 没有失败的人生绝不是完美的人生,当你战胜失败时,你会对成功有更深的感悟。哲学家科林斯说:"不经历挫折,成功也只能是暂时的表象,只有历经挫折和磨难,成功才能像纯金一样发出光来。"失败并不可怕,可怕的是,经历了失败却不知道总结失败的教训。暂时的失败不应该是消沉的原因,而应该是继续奋斗的起点。逃避失败是解决不了问题的,最好的办法就是勇于面对失败,接受失败,并从失败中吸取人生的经验和营养,从而使自己在不断经历和克服失败的过程中逐渐成长、壮大,直至走向成功。

46. 宋太祖的开门哲学

宋太祖赵匡胤黄袍加身后,立即下了一道命令:凡是他办公的地方,办公时间殿门必须全部打开。丞相范质不解。宋太祖说:"这就好像是我的内心,赤诚待人,公正无私,人们都可以通过殿门看到呀!"这种开门哲学不仅使宋太祖赢得了好人缘,而且对北宋早期的稳定起到了重要作用。

[哲学启示]

开门哲学说到底就是敞开自己的心扉,以诚待人。其实,人与人之间相处最大的难题是信任问题,久而久之便造成诸多矛盾。而开门处世哲学可以增加互信,从而收到事半功倍的效果。

在生活中,我们要表里如一,以诚待人。以诚待人,就是对人诚实,拿出你的真心,用真心换取真心,以真诚缔造真诚。若每个人都能抱着"将心比心"的心态去处理问题,现实中将会少了许多纷争,多了许多美好,我们的人际关系会处理得更加和谐。

47. 深山藏古寺

宋徽宗时期,京城的画院每年都要招收一名画师。有一年,经过层层筛选之后,有四名应试者不相上下,主考官便以"深山藏古寺"这一句古诗为题来考应试者。

深山藏古寺

　　四名应试者每人都向主考官提交了自己满意的作品。第一幅,深山里树木环抱,中间有一座寺庙;第二幅,密林深处仅仅露出寺庙的一角;第三幅,深山老林里并没有寺庙,只有一幅高高飘扬的幡。主考官连看三幅均不满意,原因是这些画均体现了半藏而不是全藏,与画题吻合不够。

　　正当主考官失望之余,第四幅画深深吸引了他:在崇山峻岭之中,一股清泉飞流直下,跳珠溅玉,泉边有个老态龙钟的和尚,正一瓢一瓢地舀着水倒进桶里。仅这么一个挑水的老和尚,就把"深山藏古寺"表现得含蓄深邃、淋漓尽致:和尚挑水,不是浇菜煮饭,就是洗衣浆衫,让人想到附近一定有古寺;和尚年纪老迈,还得自己挑水,可见寺之破败;画面尽管看不到寺,观者却深知古寺是全藏在深山之中。主考官连连点头称好:"这才是'魁选'之作呀!"

[哲学启示]

这幅画的特点是,让人知道山上有古寺,但古寺又被"藏"了起来。虽然画面上丝毫没有古寺的痕迹,却让人实实在在地感受到古寺就"藏"在深山里,这正是这幅画的巧妙之处。这位画师运用了侧向思维,选择了新颖角度来表现主题。

唯物辩证法认为,内容决定形式,而形式又反作用于内容。这则故事说明,形式在表现内容时起着重要作用。

48. 完美的弓

古时候有个人收到别人赠送的一张弓,弓背由黑檀木所制,弓弦是鲨鱼筋绷成,这张弓射出去的箭又远又准,因此他十分地珍惜它。

这个人经常把弓拿在手里把玩,一天,他仔细欣赏着手中的弓时,突然觉得这张弓上好像缺了点什么,看起来有些单调、暗淡。要是能让它更显眼些不是更好吗? 他思忖着。

于是,他把这张弓送到一个很出名的工匠那里,请他在弓背上雕刻上精美的图案。工匠花了两个月的时间,在上面雕了一幅完美的行猎图。这个人高兴极了,"还有什么比一幅行猎图更适合这张弓的呢?"他看着心爱的弓自言自语道。

他回到家,拿出箭来。"好久没用过它了,可得好好玩玩。"他搭上箭,拉紧弓弦,"啪"的一声,弓断成了两截。

[哲学启示]

一切事物都没有绝对的完美,只有相对的完美。若你一定要让某一件事情或某一个东西完美的话,你必定会付出更大的代价,而这个代价往往是得不偿失的。

人的一生其实和世上万事万物一样,绝对的完美是没有的,适当地容纳一些不足,人生反而更真实、更美好。在人生中,有一点点苦,有一点点甜,有一点点希望,有一点点无奈,生活会更生动,更美满,更韵味悠长。人生不必追求完美,但是不等于不去珍惜,我们努力的目的是珍惜所拥有的,使自己的人生少些失去和悔恨。

49. 装满屋子的最好方法

从前,有一位先生收了两个学生。一天傍晚,先生给每个学生一两银子,说:"你们立刻去买样东西来,把这个黑暗的房间完全装满。"

一个学生买了许多干草,满满地塞了一屋子。先生摇摇头,叹了口气。另一个学生买了一支蜡烛,蜡烛一点燃,整个屋子一片光明。先生笑了:"这才是装满屋子的最好的方法。"

[哲学启示]

这则故事告诉人们:不同的人对同一个问题往往会有不同的思维方法,思维方法在人们认识世界和改造世界的活动中具有重要作用。

科学的思维方法要求人们在认识活动中必须遵守三个基本原则:在逻辑上,要求严密的逻辑性,达到归纳和演绎的统一;在方法上,要求辩证地采用分析和综合两种思维方法;在体系上,实现逻辑与历史的一致,达到理论与实践的具体的历史的统一。

50. 冷静的智慧

有一个巨商，为躲避动荡，把所有的家财置换成金银细软，特制了一把雨伞，将金子小心地藏进伞柄之内。然后把自己打扮成普通百姓，带上雨伞准备归隐乡野老家。不料途中出了意外，他打了一个盹儿，醒来之后雨伞竟然不见了。巨商毕竟经商多年，他不露声色地仔细观察，发现随身携带的包裹完好无损，便断定拿雨伞之人肯定不是专业盗贼，估计是过路人顺手牵羊。此人应该就在附近。

于是，巨商就在此地住了下来，购置了修伞工具，做起了修伞的营生。春去秋来，一晃几个月过去了，他也没有等来自己的雨伞。但是巨商在修伞的过程中，了解到有些人的雨伞在坏得不值得一修的时候，就会重新买把新雨伞。巨商于是又改行"旧伞换新伞"，并且换伞不加钱。一时间前来换伞的人络绎不绝。

不久，有一个中年人夹着一把破伞匆匆赶来，巨商接过一看，正是自己魂牵梦绕的那把雨伞，伞柄处完好无损，巨商不动声色给了那人一把新伞。那人离去之后，巨商转身进门，收拾家当，立即启程返乡。

[哲学启示]

巨商的无言等待，是一种冷静之后的智慧。在突如其来的事件面前，他能够根据事态的走势沉着应对，从而使财务失而复得。

对人生而言，冷静是一种哲学智慧，更是一种韧性，学会冷静是一笔宝贵的财富。它会让你懂得，一旦面前出现惊涛骇浪、乌云笼罩，焦虑、苦恼非但于事无补，有时还会使事情变得更糟，而恰如其分地冷静能够让你稳住阵脚，挽回损失。要保持冷静，就必须养成思考的习惯,就是遇到问题,不要害怕,不要胆怯,想方设法把问题解决好。

51.富贵无边

有人花重金从一位大画家手里买了一幅牡丹画,回去以后,高高兴兴地挂在客厅里。一天,来他家做客的一位朋友看到了这幅画,大呼不吉利,因为这朵牡丹没有画完全,缺了一部分。而牡丹代表富贵,缺了一角,岂不是"富贵不全"吗?

主人一看,确实如此,心中很是不快。于是找到那位大画家请他重画一幅。画家听了他的理由,微微一笑,说:"既然牡丹代表富贵,那么缺一边,不就是富贵无边吗?"买主听了他的解释,觉得有理,高高兴兴地捧着画回去了。

[哲学启示]

面对同一幅画,因为思考的角度和心态不同,便产生了截然不同的看法。所以,凡事都应持一种积极的心态,多往好处想。遇到不顺心的事要学会换个角度看问题,这样就会少些烦恼,多些快乐。

换个角度看问题,是一种积极的人生态度。换个角度看问题,是以一种主动的心态,让自己在应对不如意的生活时,积极、乐观地看待事物对自己有利的一面,用智慧和能力挑战人生的不如意,从而让自己活出快乐人生。

52.寻找快乐

一位富商临终前,见窗外市民广场上有一群孩子正在快乐地捉蜻蜓,就对他四个未成年的儿子说:"你们到那儿给我捉几只蜻蜓来,我有许多年没见过蜻蜓了。"四个孩子飞速下楼,来到了广场。

不一会儿,大儿子带了一只蜻蜓上来。富商问:"怎么这么快就捉来了一只?"大儿子说:"我是用你刚才送给我的那辆遥控赛车换的。"又过了一会,二儿子也上来了,他带来了两只蜻蜓。二儿子说:"我把遥控赛车租给了一位想开赛车的小朋友,他给了我三分钱,我只用两分钱向另一位有蜻蜓的小朋友租来的。爸,你看这是那多出来的一分钱。"富商微笑着点点头。不久,三儿子也上来了,他带来了十只蜻蜓。三儿子说:"我把遥控赛车在广场上举起来,问谁愿玩赛车,愿玩的只需交一只蜻蜓就可以了。"富商拍了拍三儿子的头。最后回来的是小儿子。只见他满头大汗,两手空空,衣服上沾满尘土。富商问:"孩子,你怎么搞的?"小儿子说:"我捉了半天,也没捉到一只,就在地上玩赛车,要不是哥哥们都上来了,说不定我的赛车能撞上一只落在地上的蜻蜓呢。"富商笑了,把小儿子搂在了怀里。

第二天,富商死了。孩子们在床头发现了一张小纸条,上面写着这样一句话:"孩子,爸爸并不需要蜻蜓。我是希望你们今后积极寻找人生的快乐,就像你们捉蜻蜓时的那种快乐。"

[哲学启示]

在生活中,不少人总是感到自己不快乐。其实,快乐靠等是等不来的,而是需要我们用心去积极寻找。因为快乐无时不有、无处不在,快乐就在不远处,无论你走多远,走的路多崎岖。或许,当你不经意地抬起头,就会发现快乐正在前方,向你招手,向你微笑。

日子,过的是心情。人活一辈子,最重要的是获得心灵的愉悦。带着好心情,过好每一天。守住每一天的好心情,远离每一次

的坏情绪,让一颗心充实、丰盈、快乐。

53. 扬长避短

　　两个老板一碰面,便彼此交换经营心得。甲老板抱怨道:"我不能容忍不成才的员工,虽然现在还有三个这样的人待在我的公司,但我过几天会将他们炒掉。""哦,他们怎样不成才呢?"乙老板问道。"你不知道,他们一个吹毛求疵,整天嫌这嫌那;一个杞人忧天,总为些莫名其妙的事情担忧;而另一个游手好闲,喜欢在外面瞎逛乱混。"乙老板想了想,说:"干脆让他们三人到我的公司上班吧,这样也省了你解雇他们的麻烦。"甲老板高兴地答应了。

　　第二天,这三人到新公司报到,乙老板早已为他们安排好了工作:爱吹毛求疵的负责质量监督,杞人忧天的负责安全保卫,而喜欢闲逛的负责出外做宣传和调查。一段时间过后,这三人在各自的岗位上都做出了优秀的业绩,乙老板的公司也因此迅速发展起来。

[哲学启示]

　　有时候,短处与长处并不是绝对的,只要善于扬长避短,短处也可以转化为长处。关键是要具备乙老板知人善用的智慧和眼光。

　　学会扬长避短是一种智慧,需要我们能够对自己有一个客观的评价,充分认识自己的短处;更需要讲究策略和方法,充分展示自己的长处。这样才能赢得精彩人生。

54. 哲学家与工程师

一位哲学家和一位工程师是一对诚挚的好友,他们相约一起去非洲旅游。他们来到埃及后,准备参观金字塔和尼罗河,于是,先住了下来。住进旅馆之后,哲学家倒在床上休息,他的工程师朋友一个人到大街上溜达。这时,一个老妇人高喊着"卖猫啦"从工程师的身边走过。他好奇地看了一眼,一下就看出了这只黑色铸铁猫的眼睛是一对硕大的珍珠。就把老妇人叫住了,他问:"你这只猫多少钱?"老妇人说:"这是一只传家之宝,不是因为孙子病重等钱用,我是不会卖的。"工程师说:"你干脆些,要多少钱?"老妇人说:"你给五百美元就拿走吧。"工程师说:"我不要你的猫身子,只要两只眼睛,给你三百美元卖不卖?"老妇人想了想,觉得合算,就答应了。于是,工程师付钱买走了两只猫眼睛。

工程师回到旅馆,兴奋地对他的哲学家朋友说:"我发财了。"哲学家问朋友发生了什么事?工程师就把经过讲给了哲学家。哲学家听后马上翻身下床,什么话也没说就出去了。过了半小时,哲学家抱着那只被工程师挖走眼睛的猫回来了。他进门就说:"我花了二百美元,把你挖走眼睛的猫身子买回来了。"工程师一听,就嘲笑起他的朋友来,花二百美元买回个铁疙瘩,难怪人们说你们搞哲学的个个是书呆子。

听他如此奚落,哲学家并不答话,而是拿出一只刀片,轻轻刮猫的脚。工程师感到奇怪,好奇心促使他朝哲学家凑了过来。不一会儿,刀片刮出一片金黄的颜色。工程师傻眼了,他不解地问:"你怎么知道这只猫是用金子铸造的?"哲学家回答说:"道理很简单,谁会给不值钱的铁猫装上两只价值昂贵的珍珠眼睛呢?我从你拿回来的珍珠眼睛中,得知这绝不是一只铸铁猫,而是一只远比那两只珍珠眼睛贵重得多的金猫。"

[哲学启示]

哲学是指导人们生活得更好的艺术。哲学家的高明之处,在于他没有停留在对黑色铸铁猫表面现象的认识上,而是抓住了猫眼与猫身的内在联系,运用科学的思维方法,透过现象认识事物的本质,从而果断推理出猫身也是贵重材料铸成,猫身的价值一定会更大。

本质和现象是事物相互联系、不可分割的两个方面。本质是决定事物性质、功能、发展趋势的根本属性,它"隐藏"于事物内部,不能凭感官直接感知。现象是事物的外部形态和联系,是人们可以直接感知到的。人们接触一个事物,总是先认识到它丰富多彩的现象,通过分析与综合的思维方法,最终认识事物的本质。这就要求人们要善于运用科学的思维方法分析问题和认识事物,善于透过事物的表面现象揭示其本质和内在规律。

55. 为国王画像

有一位国王,独眼缺手断脚,却想将自己的尊容留给子孙,于是召来全国最好的画师来为自己画像。

第一位画师将国王画得栩栩如生。国王看了之后,很难过:"我这么一副残缺像,怎么传得下去!"便把这位画师给杀了。

第二位画师不敢据实作画,就把国王画得圆满无缺:缺的手与腿都补上了。国王看了之后,更难过:"这哪是我？你是在讽刺我！"也把这位画师给杀了。

第三位画师急中生智,给国王画了一幅狩猎的画像:英武的国王在一片茂密的森林前,戴着红缨头盔,身披杏黄色斗篷,一只脚踏在树墩上,闭着一只眼睛在拉弓射箭,看上去威风凛凛。结果,国王大喜并奖赏了他。

为国王画像

[哲学启示]

拥有智慧,就拥有了生命。第三位画师依据国王自身的条件,巧妙构思国王的画像,扬国王之长,避国王之短,从而把自己从危险的处境中解救出来。

在现实生活中,每个人都有优势和劣势。规避自己的劣势,发挥自己的优势,这样生活才会过得越来越轻松。

56. 对自己说"不要紧"

安妮曾是一个多愁善感的女孩,在听了一节课后,她改变了自己对生活的看法。这节课上一位德高望重的教授一再强调:"我将'不要紧'三字箴言奉送给各位,它将对你们的生活有所帮助,可使你们心境平和。"

后来,她爱上了英俊潇洒的杰克,安妮确信他就是自己的白马王子。可是一天晚上,杰克温柔委婉地对安妮说,他只把她当作普通朋友。安妮感到自己的世界土崩瓦解,那天夜里她在卧室里哭泣时,觉得"不要紧"那几个字看来很荒唐。"要紧得很",她喃喃地说,"我爱他,没有他我就不能活。"

第二天早上,安妮醒来再想"不要紧"三个字时,就开始分析自己的情况:到底有多要紧? 杰克很要紧,自己也很要紧,我的快乐也很要紧。自己会希望和一个不爱自己的人结婚吗? 日子一天天地过去,安妮发现没有杰克自己照样可以生活。几年后,一个更适合安妮的人出现了。

有一天,丈夫和安妮得到一个坏消息:他们投资做生意的所有积蓄全部赔掉了。安妮看到无助的丈夫双手捧着额头,感到一阵凄酸。这时,那句"不要紧"的三字箴言出现在安妮的脑海中,顿时她的心情恢复了平和。她平静地对丈夫说:"亲爱的,不要紧,我们损失的只是金钱,一切都会好起来的。"

[哲学启示]

"不要紧"三个字看似简单,但只有安妮真正面临生活中的问题时,才真正懂得这三个字的分量。生命中有很多突发的变故,会给我们的心灵带来巨大的压力,很多人会因为这些压力变得一蹶不振,甚至因此失去生活的勇气。面对人生中的狂风暴雨,如果都能够对自己说一句"不要紧",然后平静地接受它,并时刻保持积极的心态,那么所遇到的人生困难最终都将过去。

这则故事告诉人们,人生不是一帆风顺的,当我们遇到不如意的事,要学会对自己说"不要紧",这会让我们的生命更有光彩。

57. 一次演出

第二次世界大战后的某一天,杰米·杜兰特被邀请参加一场慰问退伍军人的演出。可因演出安排得太紧张,他遗憾地告知邀请单位,自己只能做几分钟的独白。主办方负责人还是很高兴他能到场,欣然同意了。

当杰米·杜兰特走到台上,掌声立刻如潮水般响了起来,这样的场景,他早已司空见惯。可奇怪的事情还是发生了,他做完独白后没有立刻离场,而是表演起来,15 分钟、20 分钟、30 分钟……这一场演出出乎所有人的意料,因为,这几乎是杰米·杜兰特几年来演出时间最长的一次。

当杰米·杜兰特鞠躬下台,主办方的负责人拦住要匆匆离去的他,感激而又诧异地问他怎么会改变计划。他说道:"我本打算离开,但我没有办法离开,因为我看到了第一排的两名观众……"原来,在第一排坐着两位军人,在战争中都失去了一只手,一个人失去了左手,一个人失去了右手。但他们互相配合,用各自的一只手有节奏地击打对方的手,那样的开心,那样的响亮……

[哲学启示]

挫折和困难是摆在人生旅途上的一个个栅栏,有的人遇到它就往回走,或者只跨过几个矮小的栅栏就失去继续前行的勇气;也有的人每跨过一个栅栏,信心就增加一分,勇气就提高一步,最终战胜困难,取得成功。当一个人遭遇挫折,甚至当身体受到严重损伤时,我们仍没有理由气馁和颓废。因为,我们还可以和身边的人一起团结合作,激发出我们的激情、精神和力量。

58."不做好事"的成全

亚历山大是个高中生,他特别擅长游泳。有一次,他代表学校参加社区举办的游泳比赛,却因为意外犯规而被取消了比赛资格。

比赛结束,亚历山大和带队老师一起准备回学校,突然听到一阵呼救的声音,原来有个孩子落水了。带队老师对亚历山大喊道:"快去救人!"亚历山大急忙跳到水中,靠着娴熟的游泳技能,把落水的孩子救了上来。当时泳池周围只有亚历山大和带队老师两个人,如果不是亚历山大及时相救,孩子很可能有生命危险。亚历山大救人的消息传开后,老师和同学们都赞不绝口,他一时成了学校里的英雄,没有人再提他被取消比赛资格的事情。

和朋友聊天时,亚历山大庆幸地说:"幸好带队老师不会游泳,不然我也没有这次救人的机会,大家就会因我被取消比赛资格而对我失望透顶的。""什么?你是说带队老师吗?"朋友吃惊地说,"他可是一家游泳馆的兼职教练,怎么可能不会游泳呢?"亚历山大这才明白:"原来带队老师是故意把救人的机会留给了我!"

[哲学启示]

这则故事中的带队老师,故意把做好事的机会留给因犯规而被取消比赛资格的亚历山大,本身就是一件好事。在现实生活中,有的人看似"不做好事",其实是他正在做好事,因为他是在帮助和成全别人做好事。

注重事物联系

　　所谓联系,就是事物之间以及事物内部诸要素之间的相互影响、相互制约和相互作用。世界上的一切事物都不是孤立存在的,而是和周围其他事物有着这样或那样的联系。世界是一个普遍联系的有机整体,是一幅由种种联系交织起来的丰富多彩的画面。

　　联系是客观的,是事物本身固有的,不以人的意志为转移。联系的客观性要求我们从事物固有的联系中把握事物,切忌主观随意性。事物的联系也是多种多样的,我们在认识世界和改造世界的过程中,要善于分析和把握事物存在和发展的各种条件,一切以时间、地点和条件为转移。

　　整体与部分是相互区别的,又是相互联系、密不可分的。我们应当坚持整体与部分的统一,首先要树立全局观念,立足整体,统筹全局,选择最佳方案,实现整体的最优目标;同时必须重视部分的作用,搞好局部,用局部的发展推动整体的发展。

　　引起和被引起的关系就是因果联系,任何事物都处于因果联系之中。有因必有果,有果必有因。因果联系具有普遍性、客观性和条件性。这就要求我们承认因果联系的普遍性和客观性,善于总结,善于反思找原因,提高人们实践活动的自觉性和预见性。

59. 守株待兔

春秋时代,有位宋国的农夫,他每天很早就到田里劳作,一直到太阳下山才收拾农具回家。有一天,农夫正在田里劳作时,突然看到远远跑来一只兔子。这只兔子跑得又急又快,一不小心撞上稻田旁边的大树。这一撞,撞断了兔子的脖子,兔子当场倒地而亡。一旁的农夫看到之后,急忙跑上前将兔子拾起,然后很开心地收拾农具回家,把这只兔子煮了美餐一顿。餐后农夫心想:"天底下既然有这么好的事,自己又何必每天辛苦地劳作?"

守株待兔

从此以后,他整天守在大树旁,希望能再等到不小心撞死的兔子。可是许多天过去了,他再没等到撞死在大树下的兔子,反而因为长期不去田间劳作,使田里长满了杂草,一天比一天荒芜了。

[**哲学启示**]

守株待兔的农夫,是将事物的偶然联系当作必然联系,不能准确地把握规律的客观必然性。这则故事原比喻企图不经过努力而得到成功的侥幸心理,现也比喻死守狭隘经验不知变通的做法。

这则故事启示我们:不要存有侥幸心理,不要想着不劳而获,如果不付出努力,而寄希望于意外,结果只能是一事无成;不能死守狭隘经验,不能墨守成规,如果不从实际出发,而凭主观想象,结果只能与预期背道而驰。

60.杯弓蛇影

西晋时候,河南有个地方官叫乐广。一次他有个朋友病了,他便登门看望。乐广见朋友病得很重,便问其哪里不舒服,那朋友支支吾吾地不愿说。乐广再三询问,他才说了实情。原来有一天他在乐广家里饮酒,刚要举杯时,突然看到酒杯里有条蛇,隐隐约约地在蜿蜒蠕动,顿时受惊,一股厌恶感涌上喉咙。但因同坐的有几个朋友,他不便说出,更不便退席。他硬着头皮喝完酒后,感到肚子很不舒服,回到家后便病倒了。

杯弓蛇影

乐广听后很奇怪,"酒杯里怎么会有蛇呢?"他反复考虑这件事,回到家中走到大厅,终于找出了原因。他派人把老朋友请来,仍坐在那天喝酒的位置上。命侍从斟上满满一杯酒,对朋友说:"你凑近看,酒杯里还有怪物吗?"朋友一看,同上次看见的一样,一条蛇在杯中摆动。乐广哈哈大笑,指着墙壁上一张硬弓说:"那蛇是弓的影子啊!"原来如此,那朋友豁然开朗,舒眉展眼笑了,多日的病也顿时痊愈。

[哲学启示]

从这则故事中我们可以认识到:正确分析因果关系的重要性。在客观事物的发展过程中,其发生、发展都有原因,而发生、发展都将产生一定的结果。世界上没有无因之果,也没有无果之因。因此我们认识事物,也就是认识这一事物产生的原因以及发展的结果。在现实生活中,我们要正确判断学习、工作对象的因果联系,争取自己的学习、工作取得最好的结果。

这则故事也说明,意识是物质的反映,对客观事物具有反作用。正确反映客观实际的意识,会给人们带来积极作用;歪曲反映客观实际的意识,则会给人们带来消极作用。它启示我们:一定要重视意识的作用,重视精神的力量,自觉地树立正确的思想意识,克服错误的思想意识。

61. 曹绍夔捉"怪"

唐朝时,洛阳有座寺庙,寺庙中一个老和尚住处的铜磬,常常自己会发出低沉的声音。半夜,寺中的钟声悠扬地响起来,铜磬也跟着幽幽地响,似鬼魂在啜泣,如幽灵在飘荡。老和尚神情悸动,恍惚不宁,以为妖怪作祟。时间一长,老和尚被吓病了,卧床不起。

一天,老和尚的朋友曹绍夔前来看望。谈起铜磬作怪的事,曹绍夔觉得很奇怪。这时,寺庙里开饭,饭堂里响起钟声,那磬也跟着发出"嗡嗡"声响。旋即,钟停了,那声音也停止了。曹绍夔故弄玄虚地对老和尚说:"明天我帮你捉妖。"老和尚不相信地摇摇头,说:"你当真能捉妖。"曹绍夔诡谲地笑道:"捉妖只是举手之劳,你不用太客气。"

第二天,曹公来到寺庙,从袖中抽出一把锉刀,在老和尚眼前晃了晃,然后"刺啦刺啦"地把光溜溜的铜磬锉了好几道口子。老和尚被弄糊涂了:"你这是……"曹绍夔说:"哪里有什么妖怪呢,是因为磬和寺里的钟振动频率相同,钟一响,它也就随着响起来。现在锉了几道口子后,磬和钟的振动频率不同了,磬就不会自己响起来了。"

老和尚终于明白了,拍着自己光亮的脑袋说:"怪不得,每次钟一响,铜磬也响,原来鬼怪是它。"这时,钟又响了,而磬真的不再与钟产生共鸣了。老和尚的病立马也就好了。

[**哲学启示**]

这则故事告诉人们,世界上其实不存在鬼神,不要疑神疑鬼。认为世界有鬼神的观点,是客观唯心主义的一种表现。在现实生活中,我们要坚持唯物主义,反对唯心主义。

故事中铜磬自鸣是结果,其原因是磬和寺里的钟的振动频率相同。这说明,因果联系是普遍存在的,世界上的事物总是先因后果、彼此制约的,都处在因果链条的联结之中。这就要求人们在认识某一事物时,既要看到它的产生是有客观原因的,又要预见到它会引起一定的结果。

62. 曾笙拒改画

五代时期,著名画家曾笙曾奉皇帝之命,改吴道子画的《钟馗捉鬼图》。皇帝要求他把原画中钟馗用食指挟鬼眼改成用拇指。曾笙研究数日后无法下笔,最后把原画送还给皇帝,并说:"吴道子所画钟馗,一身之力俱在食指,不在拇指,故不敢改。若改动一个指头,就要改全身、改全画。"皇帝听完,只得听从他的建议,找人重新画了一张。

[哲学启示]

唯物辩证法认为,整体和部分在事物发展过程中的地位、作用和功能各不相同。整体居于主导地位,整体统帅着部分;部分处于被支配地位,部分服从或服务于整体。吴道子的画是一个整体,曾笙之所以无法改动此画,就是因为画中食指挟鬼眼是整幅画的一部分,它的存在处于被支配地位,只能服从或服务于整幅画。原画中钟馗挟鬼眼的食指一旦改成拇指,则失去了其整体画作的效果。可见,我们应当树立全局观念,立足整体,统筹全局。

63. 冯湛造船

宋代冯湛曾奉命打造战船。接受任务后,他不是按照现有的大船照葫芦画瓢,而是仔细分析多种船只的特点。他发现:"湖船"的"底"可以涉浅,"战船"的"盖"可以迎敌,"海船"的"头尾"可以破浪。于是,他把各种船只的优点集中在一起,造出了多桨船。这种新型的多桨船性能极佳,江河湖海无往而不可,且能载甲士二百人,往来却极为轻便,称得上那个时代的新式水军武器。

[哲学启示]

唯物辩证法认为,掌握系统优化的方法,要着眼于事物的整体性,注意遵循系统内部结构的有序性,注重系统内部结构的优化趋向。冯湛打造战船,运用了系统优化的方法,首先着眼于造船的整体,从整体出发,进而把造船的各个部分、各个要素联系起来进行考察,统筹考虑,优化组合,从而造出了性能极佳的多桨船。

64. 一举而三役济

丁谓是北宋真宗时的大臣。有一年,京城发生了一场大火,整座皇宫都成了断垣残壁。灾后,皇帝知道丁谓很有才干,要他主持皇宫的修复工作。这可不是一件容易的事,既要清理废物,又要挖土烧砖,还必须调运大量建筑材料。朝中大臣们都认为这项工程不但会耗费大量国库资金,而且十之八九会旷日持久。

不料丁谓却提出了一个"一举而三役济"的施工方案。他的措施是:首先把宫前大街开挖成一条河,挖出来的土用来烧砖制瓦,这一来,就把从远处取土的问题解决了。接着再把这条河跟汴水接通,使船可以直接从水路运来大批建筑材料。皇宫修复以后,再把瓦砾废料填在河里以恢复原来的大街。丁谓此举不光加快了工期,而且节省了亿万费用。

[哲学启示]

丁谓的这个巧妙的安排,一举解决了就地取土、方便运输和废物处理问题,又省又快地完成了重建皇宫的任务,为后人所称道。此举是古人运用系统优化的方法解决工程技术问题的一个典型案例。

在日常生活中,我们要坚持整体与部分的统一,掌握系统优化的方法,学会用综合的思维方式来解决问题。

65. 对着大山喊话的孩子

有一个孩子跑到山上,无意间对着山谷喊了一声"喂——",声音刚落,从四面八方传来了阵阵"喂——"的回声。孩子很惊讶,又喊了一声:"你是谁?"大山也回应:"你是谁?"孩子喊:"为什么不告诉我?"大山也说:"为什么不告诉我?"孩子生气了,喊道:"我恨你。"结果整个大山传来的声音都是"我恨你……"

孩子哭着跑回家,告诉了妈妈。妈妈对孩子说:"孩子,你回去对着大山喊'我爱你',试试看结果会怎么样?"孩子又跑到山上,果然这次孩子被包围在"我——爱——你……"的回声中。孩子笑了,群山也笑了。

[哲学启示]

唯物辩证法认为,事物是普遍联系的,要坚持联系的观点,反对孤立地看问题。有时候,我们总是在抱怨别人太冷漠,太不近人情,却不知对方也是自己的一面镜子。如果遇到类似的情况,不妨先问一问自己做了什么。

这则故事同时告诉人们,人既是价值的创造者,又是价值的享受者。想让别人关心你,你就得先去关心别人。想让别人爱你,你就得先去爱别人。

66. 罗丹挥斧断"手"

法国巴黎艺术馆里,陈列了一座伟大的文学家巴尔扎克的雕像,奇怪的是:他的雕像却没有手。雕像的手呢?被法国著名雕塑家罗丹用斧头砍去了。罗丹为什么要砍掉巴尔扎克雕像的双手呢?

　　一天深夜里,罗丹好不容易完成了巴尔扎克的雕像。他非常满意,竟连夜喊醒了他的学生,来欣赏这座刚刚完成的雕像。这个学生面对这座雕像赞叹不已,他前后左右反复看了以后,眼睛盯在雕像的双手上:那双手叠合着,平放胸前,十分逼真。他不禁连声说:"好极了! 老师,我可从没见过这样一双完美的手。"罗丹脸上的笑容消失了。他愣了愣,什么也没说走了出去。一会儿,他又找来两个学生,要他俩继续评论雕像。这两个学生看后,也一致称赞雕像的双手。"手,手,手……"罗丹在室内踱来踱去。突然,他走到工作室的一角,提起一把大斧,噼噼啪啪,砍掉了雕像那双"完美的手"。学生们莫名其妙,以为自己谬语不慎惹恼了老师。罗丹冲着三个学生说道:"我塑的是巴尔扎克这个人,而不是他的手……"

[哲学启示]

　　罗丹砍掉巴尔扎克雕像的双手,其原因是他嫌雕像的部分掩盖了整体,所以挥斧砍下"双手",来突出雕像人身的整体。

　　这则故事启示我们:应当树立全局观念,立足整体。美妙的部分固然完好,但部分不能影响整体。为使整体完美,重点突出,就要舍得忍痛割爱。

67.一枚邮票拯救了巴拿马运河

　　在南美洲与北美洲之间,有一狭长的陆地,这就是著名的中美地峡。就是这狭长的地峡,隔开了太平洋和大西洋。人们早就想在中美地峡开凿一条运河,把太平洋与大西洋沟通,成为南、北美洲东西两岸的捷径。开凿这样的运河，当时有好几个方案，其中最为热门的方案有两个：一个是巴拿马方案，另一个是尼加拉瓜方案。

法国对开凿这条运河很感兴趣，并热衷于路程最短的巴拿马方案。1880年，法国一家公司承包了巴拿马运河工程，经过测量设计后，便于1883年开始施工挖掘。但是，由于经费和管理不善等原因，该公司放弃了这项工程。26岁的法国工程师瓦列拉参与了巴拿马运河的测量设计，他不甘心巴拿马运河就这样夭折。为了巴拿马运河的命运，他只身来到了美国首都华盛顿，试图说服美国接替法国，继续修建巴拿马运河。

美国确实非常需要一条沟通两大洋的运河，使美国的东西海岸有一条最近的航道，以免从南美洲南端的麦哲伦海峡绕道航行。但是美国人并不热衷于巴拿马方案，而对尼加拉瓜方案情有独钟。因为美国工程师们认为，在尼加拉瓜开凿运河，路程虽然比巴拿马方案长，但可以利用尼加拉瓜湖和圣胡安河，工程量却较小，比巴拿马方案更经济实惠。对于尼加拉瓜而言，这是一个巨大的转机。尼加拉瓜政府不遗余力争取把运河建在本国，甚至还派了许多人到美国活动，为尼加拉瓜方案奔走游说。

瓦列拉虽然经过多方努力，但收效甚微，美国举国上下选择尼加拉瓜方案的呼声仍然很高。1902年春天，美国国会准备就运河工程进行表决，眼看瓦列拉为拯救巴拿马运河的奋斗就要以失败告终。真是无巧不成书，就在美国国会正式表决运河工程的前几天，加勒比海的一座火山爆发了。中美地峡位于板块的交界处，是火山多发区。火山活动对运河的影响可不是闹着玩的。尼加拉瓜政府曾向美国保证，尼加拉瓜运河区所有的火山都是死火山，运河绝不会受到火山的丝毫危害。这次火山爆发，让瓦列拉立刻想起了一枚邮票。几年前，尼加拉瓜曾发行过一枚邮票，上面印有一座

81

火山的照片,这座火山就是著名的摩摩通博火山,而它恰好位于尼加拉瓜运河路线附近。摩摩通博火山本来是一座死火山,但是,在邮票画面上,邮票设计者却在火山顶上添了一缕飘烟,好像活火山一样。瓦列拉费了九牛二虎之力,找齐了90枚摩摩通博火山邮票。他连夜赶写了90封信,信中只有一句话:"看这邮票,火山活动的官方见证。"90封信的信封上全贴上了有一缕飘烟好似复活的摩摩通博火山邮票。

不久,90位美国国会参议员都收到了瓦列拉的信,参议员们仔细审视了冒烟的摩摩通博火山邮票,经过慎重考虑后,他们全都改变了原来的主意。当进行表决时,美国参议院放弃了尼加拉瓜方案,决定接替法国投资修建巴拿马运河。

1914年11月15日,巴拿马运河建成通航。它的开通,一枚小小的邮票起到了重要作用。

[哲学启示]

一枚邮票与运河的开通,乍一看,风马牛不相及,但是它们却通过火山联系在一起。世界上的很多事物,总是可以通过一些中间环节最后联系在一起。

在这则故事中,火山与巴拿马运河的开发是直接联系,一枚邮票与运河的开发是间接联系。而本质联系还是运河的开通使南北美洲东西两岸的交通更加便捷。

68. 莫泊桑与一块棉布

莫泊桑从军队退役后,便开始创作小说。但他只有初中文化,写出来的小说毫无章法,投出去的作品都被退了回来。

莫泊桑并没有气馁,多次拜访大文豪福楼拜想拜他为师。福楼拜不便打击莫泊桑的学习热情,虽未答应收他为徒,但同意让莫泊桑旁听他的课。

每次听课,莫泊桑都会倒一杯水放在讲台上,以便福楼拜饮用。福楼拜发现,水杯下总是垫着一块棉布,他有些不解,便问莫泊桑:"你为什么要在杯子底下垫一块棉布?"莫泊桑回答说:"因为讲台上堆满了书籍,我怕倒水时不小心洒在桌上,有棉布垫着就不怕弄湿书了。"

福楼拜听了,认真地说:"我决定收下你这个徒弟了。从明天开始,你晚饭后到我家里来,我一对一给你授课。"从那以后,莫泊桑的小说创作水平突飞猛进,不久就发表了中篇小说《羊脂球》,并一举成名,最终成为法国短篇小说巨匠。

[哲学启示]

事物是普遍联系的,细节和成败之间存在一种因果联系。即任何现象都会引起其他现象的产生,任何现象的产生都是由其他现象所引起的,这种引起和被引起的关系,称为因果联系。

莫泊桑给福楼拜倒水时,通过细心地在水杯下垫一块棉布这一细节,成为名师的高徒。一个做事如此细心的人,一定对生活观察得很仔细,而写作恰恰最需要细心观察的人。

69. 奇特的联系

美国的铁路两条铁轨之间的标准距离是 147.828 cm(4.85 英尺)。这是一个很奇怪的标准,人们不禁要问这究竟是从何而来的呢?原来这是英国的铁路标准,而美国的铁路最早是由英国人建造的。那么英国人又为什么要用 147.828 cm 的标准呢?原来英国的铁路是由建电车的人所设计的,而这个标准距离正是电车所用的标准。

电车的铁轨标准又是从哪里来的呢？原来最早造电车的人以前是造马车的,而他则是沿用了马车的轮距标准。那么,马车为什么要用这个轮距标准呢？因为那时马路上的辙迹的宽度都是147.828 cm。

这些辙迹又是从何而来的呢？答案是古罗马人所定的。因为欧洲(包括英国)的长途老路都是罗马人为他们的军队铺设的,147.828 cm正是罗马战车的宽度。我们再次追问,罗马人为什么以147.828 cm作为战车的轮距宽度呢？原因很简单,这正是两匹拉战车的马屁股的宽度。

[哲学启示]

唯物辩证法认为,世界上的一切事物都不是孤立存在的,而是和周围其他事物联系着的。每一事物都是普遍联系之网上的一个部分或环节,整个世界是一个普遍联系的有机整体。追溯一系列的间接联系,美国铁路两条铁轨之间的标准距离,竟然是根据两匹拉战车的马屁股的宽度而来。听起来似乎觉得好笑,但它的确是一连贯客观联系演变而来的。

70. 有酒味的木桶

一个朋友来借木桶使用,说是用两三天就会归还。主人痛快地把木桶借给了朋友。三天后,朋友归还了木桶。主人仍然拿它来盛水,本来一切如常,只是有一点,用它装的水,均会带着酒味。原来朋友借木桶是为了装酒,木桶被酒浸透了整整两天。

主人花了一年时间整治木桶,蒸洗、晾晒全都无济于事,总也除不掉那股酒味。最后主人无可奈何,只好将木桶弃之不用。

[哲学启示]

正因为朋友借桶装酒,才产生木桶被丢弃的结果。这则故事告诉人们,在借给别人东西时或别人需要你帮助时,一定要考虑由此所带来的后果。

同时也告诫人们,"勿以善小而不为,勿以恶小而为之。"一个好习惯可以成就一个人,一个坏习惯可以毁灭一个人。习惯一旦养成了,就会影响一个人的一生。一个人在小时候如果沾染上坏习气,要想彻底改掉是很难很难的。

71. 坚持的价值

1943 年,约翰逊创办了《黑人文摘》杂志。为了扩大发行量,他决定请白人来一个"角色置换",写出"假如我是黑人"的文章。

约翰逊诚恳地致信给罗斯福总统夫人,请她写这样一篇文章支持。罗斯福夫人回信说实在太忙,没有时间写。一个月后,他又给总统夫人写了一封信,回信说还是太忙。以后,每隔一个月约翰逊就写一封信,可总统夫人总是说没有空闲时间写。约翰逊始终认为:"她没有说不愿写,就说明还有一线希望,所以,如果我继续写信求她,总有一天她会有时间的。"

最终,总统夫人被约翰逊的锲而不舍精神所打动,亲自到杂志社,认真地为《黑人文摘》写下一篇高质量文章。文章刊发后,《黑人文摘》的发行量在一个月之内就由五万份猛增到十五万份。

[哲学启示]

这则故事告诉人们,坚持确实是一种力量。世上所有的成功,都产生于再坚持一下的努力之中。也表明人们无论干什么事情,都要重视量的积累,做到持之以恒、坚韧不拔。

一个人做任何事情,没有坚持三个月以上,就没有发言权;没有坚持三年以上,就不能说自己懂;没有坚持七年以上,就不可能是专家;没有坚持十年以上,就不会拥有权威……成功没有捷径,坚持才能成功!

牢记发展观点

所谓发展,是指事物由低级向高级、由简单到复杂向前运动、变化的趋势。

自然界是发展的,人类社会是发展的,人的认识也是发展的,发展具有普遍性。发展的实质是事物的前进和上升,是新事物的产生和旧事物的灭亡。

事物发展的总趋势是前进性和曲折性的统一。我们要对未来充满信心,热情支持和悉心保护新事物;要做好充分的思想准备,不断克服前进道路上的困难,勇敢地面对挫折与考验。

量变和质变是事物变化过程中两种不同的状态,事物的发展总是从量变开始,量变是质变的必要准备,质变是量变的必然结果。我们做任何事情都要从一点一滴的小事做起,要脚踏实地、埋头苦干,积极做好量的积累,为实现事物的质变创造条件;要果断抓住时机,促成质变,实现事物的飞跃和发展;要坚持适度原则。

事物的变化发展是内因和外因共同起作用的结果,内因是事物变化发展的根本原因,外因是事物变化发展不可缺少的条件,外因通过内因起作用。因此,要做成一件大事,既要重视内因,又不能忽视外因,要坚持内因和外因相结合。

72. 荆人循表

春秋战国时期,有一次楚国和宋国作战,楚国打算偷渡滩水,袭击宋国。于是派人到河岸边,在可以渡过的浅水地方做了标记。后来河水突然暴涨,已不能徒步渡河了。但是楚国的军队不顾情况的变化,仍然按照原定计划,在深夜里顺着滩河岸边做了标记的地方徒步渡河。河水又湍又急,一下子淹死了一千多人。士兵们惊慌失措,大吵大嚷,乱作一团,真是"荆人尚犹循表而导之,此其所以败也"。

[哲学启示]

唯物辩证法认为,任何事物都是处在不断地运动变化之中。事物出现一定的相对稳定的状态是有条件的,随着时间的推移,条件改变,原有的状态就会改变。如果人们不注意事物存在的具体条件的变化,不随其改变做出相应的调整,就会脱离实际,造成思想僵化,从而在具体行动中出错。

这则故事讽刺了不顾时间条件的不同而死守固法的人,旨在说明时间不同了,条件就应有所变化,做事就应从具体的时间条件出发,而不能因循守旧。

73. 士别三日,即更刮目相待

三国时期,东吴大将吕蒙英勇善战,屡建战功,却因文化水平不高而常闹笑话。孙权就对他说:"如今你是掌管大事的国家要人,应当学些文化以开心智。"为了让吕蒙专心学习,孙权还给他开了书单,有《孙子》《六韬》《左传》《国语》,还有一些其他的史书。

从此,吕蒙便开始读书,并且非常努力,他读书越来越多,有的书连当时的儒生也没读过。

士别三日,即更刮目相待

有一次,鲁肃到陆口接替周瑜,路过吕蒙的军营,和他讨论天下大事。鲁肃惊奇地发现,吕蒙的学问大长,自己常常被他问住。鲁肃拍着吕蒙的肩膀说:"我总认为你不过只有武略罢了,今天看来,贤弟学识渊博,再不是吴下阿蒙了。"吕蒙说:"士别三日,即更刮目相待呀!"

[哲学启示]

"士别三日,即更刮目相待",是指别人已有很大进步,当另眼相看,不能再用老眼光去看人。后来又演变成一个人的进步很快,令人不敢相信。

唯物辩证法认为,世界是永恒发展的,人也是不断变化发展的。一个人只有多读书、读好书、书读好,才能不断进步,进而赢得别人的尊重。

74. 断杼择邻

孟子,名柯,战国时期鲁国人。三岁时父亲去世,他由母亲一手抚养长大。

断杼择邻

孟子小时候很贪玩,模仿性很强。他家原来住在坟地附近,他常常玩筑坟墓或学别人哭拜的游戏。母亲认为这样不好,就把家搬到集市附近,孟子又模仿别人做生意和杀猪的游戏。孟母认为这个环境也不好,就把家搬到学堂旁边。孟子就跟着学生们学习礼节和知识。孟母认为这才是孩子应该学习的,心里很高兴,就不再搬家了。

对于孟子的教育,孟母更是重视。有一天,孟子从老师子思那里逃学回家,孟母正在织布,眼见孟子不务正业,非常生气,便拿起一把剪刀,把织布机上的布匹割断。孟子见状很惶恐,跪在地上请问原因。孟母责备他说:"你读书就像我织布一样。织布要一线一线地连成一寸,再连成一尺,再连成一丈、一匹。学问也必须靠日积月累、不分昼夜勤求而来的。你如果偷懒,不好好读书,半途而废,就像这段被割断的布匹一样变成了没有用的东西。"

孟子听了母亲的教诲,深感惭愧。从此以后专心读书,发愤用功,身体力行,终于成为一代大儒,被后人称为"亚圣"。

[哲学启示]

唯物辩证法认为,内因是事物变化发展的根本原因,外因是事物变化发展的条件,外因通过内因起作用。一个人的健康成长,内因固然是最关键的因素,但外部环境也是不可忽视的重要条件。

断杼择邻的故事,就是告诉我们外部环境对个人影响的重要性。孟母为了给孩子创设一个良好的读书环境,不辞辛劳,三次搬家。为劝诫孩子读书,不惜断杼割布,终使孟子成为一代大儒。

75. 凿壁偷光

汉朝时,少年时的匡衡,非常勤奋好学。因家中贫苦,他白天辛勤干活,挣钱糊口,只有晚上才能安心读书。但他又买不起蜡烛,天一黑,就无法看书,匡衡内心非常痛苦。

凿壁偷光

他的邻居家境殷实,一到晚上好几间屋子都点起蜡烛,把屋子照得通亮。于是匡衡悄悄地在墙上凿了个小洞,邻居家的烛光就从小洞透过来了,他借着这微弱的光读书。

勤奋学习的匡衡,后来做了汉元帝的丞相,成为西汉时期有名的学者。

[**哲学启示**]

这则故事说明,外界环境和条件,是人们学习的重要因素,但不是决定因素。一个人要取得成绩,关键在于自己的努力奋斗。唯物辩证法认为,事物发展的根本原因是内因,内因是事物变化发展的根据,是第一位原因。外因对事物的发展也是不可缺少的条件,外因通过内因起作用。一个人能否取得进步,主要决定于内因,即主要靠自我的严格要求与刻苦努力。当然也不能忽视外因,只有把主观努力和外部条件结合起来,才能取得更大成绩。

在现实生活中,有些人进步不大或者出现了某种失误,总是怨天尤人,强调客观原因,抱怨环境不好等,而看不到或者掩饰了自身存在的问题,这是不可取的。这种过分强调外因的作用,往往会影响人们主观能动性的发挥,从而妨碍学业的进步和事业的发展。

76. 不多看一眼

明代著名思想家王守仁12岁时正式就读私塾。去私塾时,要经过一条热闹的大街,街尾处有一家每天都挤满了人的小赌坊。见此,王守仁向同伴提议换一条路线走。

"他们赌他们的,我们走我们的,互不相干,有什么关系?"同伴很不解。王守仁说:"我怕看多了,会产生欲望。"同伴哈哈大笑起来:"你的意志力太不坚定了,看几眼根本不要紧。"

同伴不以为意,坚持走原来的路线,但王守仁还是决定绕道去私塾。后来去私塾时,偶尔会远远地看到同伴站在小赌坊门口,聚精会神地向里面张望。每当此时,王守仁便会提醒他不要靠近赌坊。同伴摆摆手说:"只是看几眼,没事。"王守仁无奈,只好摇摇头走开。

一个多月后,同伴接连几天都没来私塾上课。听其他学生说,同伴前段时间迷上了赌博,越玩越大,甚至还偷了家里珍藏的玉器去赌博。他的父母得知后非常生气,让他在家中反省。王守仁叹了口气说:"想要避免沉迷于欲望,最好的办法就是远离,甚至不多看一眼。这不是胆小,而是从根源上隔绝欲望。"

[**哲学启示**]

正如古语所云:"近朱者赤,近墨者黑。"这则故事告诉人们,不可忽视外因在一个人成长过程中的影响作用。客观环境会对一个人有很大的影响,一定要尽量接近容易使人学好的环境,多与充满正能量的人交朋友;远离容易使人学坏的环境,绝不与充满负能量的人打交道。

77. 弗莱明发明青霉素

19 世纪末叶,英国一位绅士的儿子不小心掉到粪坑里了,被一个农民救上来。绅士掏出大把英镑感谢农民,农民不要。绅士说:"你既然不要钱,我们定个协议,你把你的儿子交给我,我会让他受到良好的教育。"农民同意了,签了协议,农民的儿子跟绅士走了。

几十年后,农民的儿子发明了青霉素,获得诺贝尔医学科学奖,这项发明延长了人类的平均寿命。后来,绅士的儿子得了重病,过去这个病是不治之症,正是用青霉素挽救了绅士的儿子。绅士的儿子是英国首相丘吉尔,农民的儿子是科学家亚历山大·弗莱明。

[哲学启示]

这则故事既说明人间充满了爱,今天你帮助我,明天我帮助你;又说明一个人受到良好的教育比金钱更贵重。同时,它告诉人们一个哲学道理:一个人的成长,自身的勤奋学习与努力固然是根本原因,但外部条件也是不可忽视的必要条件。如果农民的儿子一直生活在农民家庭,没有接受绅士提供的良好教育,就很难拥有如此高的科学成就,发明出青霉素,难以成为一名著名的科学家。如果绅士不感恩于农民,他儿子生病也许就无药可治了。

78. 田忌赛马

齐威王很喜欢赛马。有一次他和大将田忌约定,进行赛马比赛。他们把各自的马分成上、中、下三等。比赛的时候,上等马对上等马,中等马对中等马,下等马对下等马。由于齐威王每个等级的马都比田忌的强,三场比赛下来,田忌都败下阵来。

田忌赛马

田忌的好朋友孙膑拍着他的肩膀,说:"你再同大王赛一次,我有办法让你取胜。"田忌疑惑地看着孙膑:"你说另换几匹马?"孙膑摇摇头,说:"一匹也不用换。"田忌没信心地说:"那还不是照样输!"孙膑胸有成竹地说:"你就照我的主意办吧。"

齐威王正在得意扬扬地夸耀自己的马好,田忌对齐威王说:"臣不服气,咱们再赛一次!"齐威王满不在乎地说:"那就来吧。"一声锣响,赛马又开始了。孙膑让田忌先用下等马对齐威王的上等马,第一场输了;接着孙膑让田忌拿上等马对齐威王的中等马,胜了第二场;第三场田忌拿中等马对齐威王的下等马,又胜了一场。比赛结果,田忌胜两场输一场,赢了齐威王。这下,齐威王目瞪口呆了。

[哲学启示]

这则故事中还是同样的马匹,由于调换一下比赛的出场顺序,就得到转败为胜的结局。这表明事物的量变除了用数字表示的量的变化外,还有构成成分及其排列组合的量的变化。一旦发生这种量变,事物的性质也会发生变化。它给人们的哲学启示有六:一是从劣势中找到优势,要相信自己总有独到的优势所在;二是学会取舍,什么都想得到,往往什么都得不到,舍掉小我成就大我是上策;三是以己之长攻敌之短;四是先谋后战,谋略在先事半功倍;五是要树立全局意识;六是了解对手,隐藏自己,知己知彼,才能百战不殆。

在现实生活中,要求我们思考和处理问题时不应该仅仅把眼光盯在人力物力绝对数量的增减上,还应该从多方面、多角度着眼,精心协调,科学使用现有人力物力,力求达到最佳效果。

79.陶宗仪积叶成书

元末明初,家住浙江黄岩的陶宗仪科举考试落榜后,回乡边劳动边教书。他常利用田间劳作休息时间,坐在田埂边上看书。看一阵书后,就捧起早已备好的笔砚,走到不远处的一棵大树下,信手扯下数片树叶,在上面尽情地写上字。原来他以树叶当纸,记下阅读的心得体会和耳闻目睹的重要事情。待到片片树叶上写满了字的时候,他把它们小心翼翼放在大树下晾着。收工时,陶宗仪把带字的树叶带回家,将它们存储在瓦罐中。待瓦罐满了,就把瓦罐埋在屋后的大树根下。

就这样,陶宗仪日复一日,年复一年,不断地写,不断积累。十几年间,竟然积满了数十瓦罐。到了晚年,他让学生们挖出那些瓦罐,指导他们把树叶记载的资料,分门别类,抄录整理,编写了一部30卷的《辍耕录》。因《辍耕录》是由一片片树叶"写"成的,由此"积叶成书"的写作佳话得以流传。陶宗仪那勤学不辍的精神,也受到后人的赞扬。

[哲学启示]

唯物辩证法认为,量变积累到一定程度就会发生质变,说明做事情只要持之以恒,久而久之,一定会大有收益。大千世界,芸芸众生,懂得"积少成多""积土成山"道理的人比比皆是,但身体力行者不多。所以,陶宗仪之举令人敬佩。

陶宗仪积叶成书的经历,给我们三点启示:一要做个有心人。就是有想法、有打算、有目标,做干一番事业的人。陶宗仪就是一个立志做学问的有心人,他潜心于学问,即使种地、教书的时候,也没有放下钻研学问之心。二要做个细心人。就是心细,能做小事、细事的人。陶宗仪留心每一件小事,并及时写在树叶上。细节成就事业,细节决定人生。三要做个恒心人。就是做事有恒心,锲而不舍,不达目的绝不罢休。陶宗仪日复一日,年复一年,不断地写,不断积累,用了毕生精力写成《辍耕录》,实属不易。

80. 熟能生巧

明朝万历年间,皇帝为抗御强敌,决心整修万里长城。当时号称天下第一关的山海关,因年久失修,其中"天下第一关"的题字中的"一"字,已脱落多年。万历皇帝募集全国书法名家,希望恢复山海关的本来面貌。各地名士闻讯,纷纷前来挥毫,但是依旧没有一个人的字能够表达天下第一关的原味。于是皇帝再下诏告,只要能够中选的,获得重赏。经过严格的筛选,最后中选的,竟是山海关旁一家客栈的店小二。

在题字当天,会场被挤得水泄不通,官家也早就备妥了笔墨纸砚,等候店小二前来挥毫。只见他抬头看着山海关的牌楼,舍弃了狼毫大笔不用,拿起一块抹布往砚台里一蘸,大喝一声:"一。"十分干净利落,立刻出现绝妙的"一"字。旁观者莫不给予惊叹的掌声。有人好奇地问他成功的秘诀,他久久无法回答。后来勉强答道:其实,我没有什么秘诀,只是在这里当了三十多年的店小二,每当我在擦桌子时,我就望着牌楼上的"一"字,一挥一擦而已。

原来这位店小二的工作地点,正好面对山海关的城门,每当他弯下腰,拿起抹布清理桌上的油污之际,这个视角正对准"天下第一关"的"一"字。因此,他不由自主地天天看、天天擦,数十年如一日,久而久之,就熟能生巧,巧而精通。这就是他能够把这个"一"字临摹到炉火纯青、惟妙惟肖的原因。

[哲学启示]

唯物辩证法认为,事物的发展总是从量变开始的,量变是质变的必要准备,量变达到一定程度必然引起质变,质变是量变的必然结果。我们做任何事情都要从一点一滴做起,脚踏实地,埋头苦干,重视量的积累。熟能生巧,巧能生精,即熟练才能精通,坚持造就完美。一个人无论从事什么行业,只要在工作中做到热忱、专注与勤奋,久而久之,就能成为出类拔萃的顶尖人士。因为热忱,才能投入强大的动力与能量;因为专注,才能心无旁骛、勇往直前;因为勤奋,才能练就一手专长。

81. 舍罕王赏麦

据说,印度的舍罕王打算重赏象棋的发明人、宰相西萨·班·达依尔。国王问他有何要求,这位聪明的大臣胃口看来并不大,他跪在国王面前说:"陛下,请您在这张棋盘的第一个小格内,赏给我一斤麦子,在第二个小格内给二斤,第三格内给四斤,照这样下去,每一个小格内都比前一小格加一倍。陛下啊,把这样摆满棋盘上所有六十四格的麦粒都赏给您的仆人我吧!"

国王一听,认为这区区赏金,微不足道。于是满口答应道:"爱卿,你所要求的并不多啊!你当然会如愿以偿。"说着,他令人把一袋麦子拿到宝座前。结果怎样呢?按照第一格内放一斤,第二格内放二斤,第三格内放四斤……还没有放到八格,一袋麦子就已经放完了。于是,一袋又一袋的麦子被扛到国王面前来。但是,麦粒数一格接一格地增长得那样迅速,很快就可以看出,如果要计算到第六十四格,即使拿来全印度的粮食,国王也兑现不了他对西萨·班·达依尔许下的诺言了。

舍罕王赏麦

[哲学启示]

在这则故事中,舍罕王之所以会始料不及,陷入尴尬地步,正是因为他在对宰相许下诺言之前,没有定量分析,不知道宰相所要求的看来微不足道的麦子的后面,竟有一个可怕的"数量"。当然,即使比他经验丰富,知识广博的现代人,也不能一下子直接觉察到这个数量。

这则故事说明,认识事物的量,是认识事物的质的起点和前提。没有定量分析,便没有对事物的精确把握。

82. 满则亏

从前有一个笨人到朋友家里去做客。主人留他吃饭,可菜上来之后,他嫌菜没有味道,太淡。主人听了之后,就去取了些盐来,放进了菜里。这次,他觉得味道不错。

笨人心里想："菜的味道是从盐中得来,放一点点盐就能让菜好吃起来,那么多吃一些一定味道更好。"这样想了以后,笨人就向主人索取了一杯盐,主人问他要这么多盐做什么,他笑笑,没说话。然后将盐一口吞进了嘴里,不料却咸得要命,就急忙把盐从嘴里吐了出来。

[哲学启示]

这则故事原用来规劝人们,要懂得节量饮食,做到少欲知足。当今又有了新的含义:凡事不要做得太满,过犹不及;凡事不要做得过了头,物极必反。

过犹不及,意思是事情办得过火了,就跟做得不够一样。物极必反,意思是事情发展到了极点,必将向反向转化。这两个成语都涉及一个"度"的问题,就是"平衡"的问题。做人要保持平衡,做事要保持平衡。平衡就好比规矩,没有规矩就不成方圆。

83. 鲨鱼和热带鱼

曾有人做实验,将一只凶猛的鲨鱼和一群热带鱼放在同一个池子里,用强化玻璃隔开,最初,鲨鱼每天不断冲撞那块透明的玻璃,但始终不能冲过玻璃吃到热带鱼。实验人员每天都会在池子里放一些鲫鱼,但鲨鱼仍想到对面去品尝热带鱼的滋味,每天仍不断地冲撞那块玻璃。鲨鱼每次都用尽全力,可每次都伤痕累累。

后来,鲨鱼不再冲撞那块玻璃了。对那些色彩斑斓的热带鱼也不再在意,好像它们只是墙上会动的壁画,它开始等着每天固定出现的鲫鱼,并用其敏捷的本能进行狩猎。实验到最后阶段,实验人员将玻璃取走,而鲨鱼每天仍是在固定的区域游着,不但对那些热带鱼视若无睹,甚至于当那些鲫鱼逃到热带鱼中间,它也放弃了

追逐。

[哲学启示]

唯物辩证法认为,事物发展的道路尽管是曲折的、迂回的,但总趋势是前进的、上升的。因此,我们要对未来充满信心,不断克服前进道路上的困难,勇敢地面对挫折与考验。

我们中的一些人也像这条鲨鱼一样,在经历了多次的挫折、打击和失败之后,就逐渐失去了奋斗的勇气,心甘情愿接受当下平庸的生活。其实在现实生活中,挫折,是磨炼奋斗的勇气;失败,是指明成功的方向。

84. 逆境中不放弃拼搏

1896 年 4 月 6 日,现代奥运史上的第一个世界冠军诞生了,他就是来自美国哈佛大学的大学生詹姆斯·康纳利。

康纳利 1895 年被哈佛大学录取,学习古典文学。在学校时,他已经是当时全美三级跳远冠军了。听说奥运会即将在雅典举行,他便向学校请 8 周假前去参赛,但学校拒绝了他的要求。康纳利执意要到奥运会上一试身手,于是他离开了哈佛,自己争取到参加奥运会的资格,成为由 11 人组成的美国代表团的成员之一。与他一同前去的其他美国同伴都是波士顿体育协会麾下的运动员,参赛是免费的。而康纳利享受不到这种待遇,他这次参赛是在一家很小的体育协会的赞助下才成行的。由于资金紧张,他花掉了自己仅有的 700 美元的积蓄,才登上了德国德福达号货船。

就在起航的前两天,他伤了后背,几乎毁了他的全部计划。幸运的是,在从纽约到那不勒斯的 17 天航行中,他的伤痊愈了。但是刚下船,他的钱包又被人偷走了。这还不算,更为糟糕的事接踵而来:因为希腊历制和西方历制不同,比赛在他们到达的第二天就开始了,而不是他们原以为的12天之后;而对他更为不利的是,他的三级跳远项目的起跳要求是单足跳、单足跳、起跳,而不是他从小练习的传统跳法单足跳、跨步、起跳。

4月6日下午,三级跳远比赛开始了。在其他运动员跳完之后,康纳利最后一个出场。他走到沙坑前,把帽子扔到了一个别的运动员跳不到的位置上,大声呼喊自己要跳到帽子那里去。他在跑道上加速,按照新的规则,先两个单足跳,然后起跳,最后落在比他的帽子还远的地方,跳出了13.71米的好成绩,成为当之无愧的现代奥运史上第一个冠军。

[哲学启示]

在这则故事中,面临着参加奥运会就要离开大学,且自己自费参赛的严峻考验,詹姆斯·康纳利坚持在这条不平坦的路上走下去,最终赢得了胜利。可以说,成功者大都起始于不好的环境并经历许多令人心碎的挣扎和奋斗,在生命的转折点,他们通常能缔造出色彩斑斓的人生。

在我们的人生道路上,会遭遇很多逆境,如果缺乏自信,就会被困难吞噬。生活是一道选择题,当你选择了坚持,机遇就有可能降临;当你选择了放弃,机遇将永远放弃你。

85. 玫琳凯创建公司

玫琳凯女士曾在直销行业工作了25个年头,当时,她已经做到了全国培训督导。但是,眼看着曾经是自己下属的一位男士得到了提拔,而且薪水是自己的两倍,玫琳凯女士毅然决定从公司里辞职,实现自己的一个理想。

起先,她开始写一本关于帮助女性如何获得成功的书。但马上意识到自己应该制订一个计划,同仅仅给出建议相比,这个计划应该能为女性带来更多的帮助。她说:"我建立公司时的设想是让所有女性都能够获得她们所期望的成功,这扇门为那些愿意付出并有勇气实现梦想的女性带来了无限的机会。"所以,在1963年,凭着自己的经验、设想和5000美元的积蓄,玫琳凯女士在她儿子理查德的帮助下创立了玫琳凯化妆品公司。

然而,在创业之初,她经历了多次失败,也走了不少弯路。但是她从来不灰心、不泄气,反而诙谐地解释:"挫折是化了妆的祝福。"现在,玫琳凯化妆公司已成为全球最大的护肤品和彩妆品直销企业之一。

[哲学启示]

玫琳凯女士所取得的成功,在美国商界的历史上留下了令人难忘的一笔,同时也为世界各地的女性不断创造成功树立了一个很好的榜样。

唯物辩证法认为,前途是光明的,道路是曲折的。挫折是一门人生必修课,但这并不是说挫折是不可战胜的。挫折的必然性告诉我们,在遇到它时没有必要怨天尤人,更没有必要处处较真。面对挫折,我们不必畏惧,要迎难而上,把人生中的每一个挫折都看作生活考验我们的一次机会,只要心中怀着必胜的信念,对自己说"我能行!"就一定能战胜挫折,采摘成功的果实。

把握矛盾分析法

　　世界是普遍联系和永恒发展的,联系的根本内容是矛盾,发展的根本动力也是矛盾,没有矛盾就没有世界。矛盾的观点是唯物辩证法的根本观点,矛盾规律即对立统一规律是唯物辩证法的实质与核心。矛盾揭示了事物发展的源泉和动力,提供了理解一切现存事物"自己运动"的钥匙。认识世界就是认识矛盾,改造世界就是解决矛盾。

　　世界上的一切事物都包含着既相互对立又相互统一的两个方面,矛盾就是反映事物内部对立和统一关系的哲学范畴。矛盾存在于一切事物中,并贯穿每一事物发展过程的始终。矛盾着的事物及其每一个侧面各有其特点。矛盾的普遍性寓于特殊性之中,矛盾的特殊性也离不开普遍性。在复杂事物的发展过程中,存在着主要矛盾和次要矛盾。每一矛盾都有主要方面和次要方面之分。

　　矛盾分析法是我们认识世界和改造世界的根本方法。我们要用对立统一的观点看问题,坚持对具体问题具体分析,把握事物的重点和主流,坚持两点论与重点论的统一。

86. 舌存齿亡

有一次,常枞病重了,年轻的老子前去探望他。好学的老子不放过任何一个求学的机会,他对常枞说:"先生病得如此重,有什么可以告诉弟子的吗?"

常枞看到老子如此虚心好学,很开心。张开嘴给老子看了看,问道:"我的舌头还在吗?"老子说:"当然还在。"常枞又问:"我的牙齿还在吗?"老子笑着说:"早就没有了。"常枞紧接着问老子:"舌存齿亡,你知道什么原因吗?"老子沉思。常枞亦不语。稍停,老子回答说:"那舌头之所以存在,是不是因为它很柔软?牙齿不存在,是不是因为它太刚硬?"常枞听了老子的回答,满意地点了点头。

[哲学启示]

常枞通过自己的言传身教,让老子明白了"舌存齿亡"的哲学道理。知强而守弱,以柔弱胜刚强,成为老子的人生哲学。老子认为,"柔弱"是万物具有生命力的表现,也是真正有力量的象征。最柔弱的东西里面,蓄积着人们看不见的巨大力量,使最坚强的东西无法抵挡。老子深知强与弱是既对立又统一的关系,他主张柔弱,并非追求柔弱本身,柔弱是其手段,刚强生存才是其目的。

这则故事告诉人们,人生在世不可逞强斗胜,应该柔弱谦和,培养良好的处世修为和个人修养,过分的逞强求利将会适得其反。

87. 怪壶

有一次,孔子带着他的弟子在齐桓公宗庙,发现一种像酒壶一样的器具。孔子就问守庙人："这是一种什么器具呀?"守庙人说："这是君王放在座位的右边,当作座右铭用的器具。"

孔子说："我听说这种器具,空着时,就往一边倾斜着;水装得大半时,它就站立得端端正正;水装满了,则一个跟斗翻过去,水也洒光了。"说着,孔子的弟子舀来清水,缓缓注入壶中。本来倾斜的壶,当水注到壶腰中间时,壶便站得直直的。再加水至装满时,壶身突然倾倒了。

见此情景,孔子慨叹道："唉! 世上哪里会有满而不倾覆的东西啊!"子路问孔子说："请问老师,这里面有什么道理?"孔子说："这种器具,实际上告诉我们,不能自满。自己虽然聪明有智慧,但要保持愚笨的样子;虽然功劳盖世,但要坚持谦让的品德;虽然勇猛无比,但要保持怯弱的态度;虽然富有四海,但要保持勤俭的操行。"

[哲学启示]

这则故事告诉人们,弓满则折,月满则亏。谦受益,满招损。谦虚会使自己能够更上一层楼,而过度自满则会使自己跌入深渊。可见,矛盾双方在一定条件下可以相互转化。

谦虚是一个人认识世界的一种反馈,是我们的生命抵达更高层次的一把钥匙。学会谦虚也就学会了怎样在漂泊不定的人生之海上撑稳自己前行的航船,学会了如何让生命一步步走进人生的最高境界。

88. 乐极生悲

战国时期,有个叫淳于髡的人,是齐国的外交人才,齐威王称他为先生,对他相当尊重。淳于髡还是个关心国事,对君主的缺点或过失敢于进谏的忠贞之士。

有一次，齐威王召淳于髡到后宫饮酒。淳于髡为了让齐威王改掉通夜喝酒的老毛病，就在饮酒时进行讽谏。齐威王问淳于髡："先生能饮几何而醉？"淳于髡回答说："我喝一斗也醉，喝一石也醉。"齐威王被弄得莫名其妙，又问："你喝一斗就醉了，怎么能够喝得了一石呢？"淳于髡解释说："喝酒的多少，要看场合和心情而定。如果大王赐酒，又有大臣相陪，我心里惊恐，俯首伏地而饮，那一斗也就醉了。如果无拘无束，心里最欢乐的时候，就能喝一石。所以古语说：'酒喝过了分，行为就失去了控制；欢乐过了分，便会招致悲伤之事。'做什么事情都是这个道理啊。"齐威王听了淳于髡这番话，说："你说得太好了。"从此就不再通夜喝酒了。

[哲学启示]

唯物辩证法认为，矛盾双方既对立又统一，在一定条件下可以互相转化。这则故事说明，乐与悲是一对矛盾统一体，在一定条件下会向它对立面转化。

这则故事启示人们，无论干什么事情，都要坚持适度原则，把握好分寸，注意好火候。

89. 塞翁失马，焉知非福

古时我国靠近边塞地方有一位善于推测吉凶祸福的人，他家的马无缘无故跑到胡人那里去了，大家都安慰他。他说："这怎么就知道不是福气呢？"

过了几个月，他家的马带着胡人的骏马回来了，大家都祝贺他。他说："这怎么就知道不是祸患呢？"

家里多了良马，他的儿子喜欢骑马，有一次从马上摔下来折断了大腿骨,大家都安慰他。他又说:"这怎么就知道不是福气呢?"

塞翁失马,焉知非福

过了一年,胡人大举侵入边塞,壮年男子都拿起刀枪弓箭参战,住在边塞附近的壮年男子中有百分之九十的人都因战争而死去,因为他儿子腿瘸不能从军的原因,反而成为幸存者。

[**哲学启示**]

"塞翁失马,焉知非福"比喻一时虽然受到损失,也许反而因此能得到好处。也指坏事在一定条件下可以变为好事。事物的福与祸在一定条件下可以互相转化,要以辩证的态度去看待。

这则故事告诉我们,无论遇到福还是祸,要调整好自己的心态,要超越时间和空间去观察问题,要考虑到事物有可能出现的极端变化。这样,一旦福事变祸事,就有了足够的心理承受能力。

90.大圆圈与小圆圈

芝诺是古希腊著名的哲学家,知识渊博。一天,有个学生问他:"尊敬的老师,您的知识比我们多许多倍,您解答的问题总是令人信服,可是为什么您的疑问也比我们多许多倍呢?"

芝诺用手在桌上画了一大一小两个圆圈,对学生说:"你看,大圆圈代表我掌握的知识,小圆圈代表你们掌握的知识。我掌握的知识比你们的多。但是这两个圆圈的外面,是我们都不知道的知识。大圆圈的周长比小圆圈的长,因而我接触到的无知的范围比你们多。这就是我的疑问比你们多的原因啊!"

[哲学启示]

知识无边,学海亦无涯,芝诺用精当的比喻深入浅出地阐述了这一道理。越是有知识的人,越是觉得自己无知,就越是谦虚。相反,那些只有"半桶水"的人,总是觉得自己无所不知。

这则故事告诉我们一个哲理:有知即无知。从哲学上看,有知和无知是一对矛盾,二者既对立又统一,在一定条件下可以相互转化。"虚心使人进步,骄傲使人落后",讲的就是这个道理。

91.三个旅人的雨天哲学

三个旅行者同时住进了一家旅店。早上出门的时候,一个旅行者带了一把伞,另一个拿了一根拐杖,而第三个旅行者什么也没有拿。在他们出门不久,一场大雨瓢泼而下。晚上他们归来的时候,拿伞的旅行者被淋得满身湿透,拿拐杖的旅行者跌得浑身是伤,而第三个旅行者却安然无恙。

于是前两个人很纳闷儿,问第三个旅行者:"你既没带伞,也没拿拐杖,怎么会一点事儿都没有呢?"第三个旅行者并没有立即回答,而是问拿伞的那个旅行者:"你为什么会淋湿而没有摔伤呢?"拿伞的旅行者回答说:"当大雨来到的时候,我因为有伞,就大胆地在雨中走,却不知雨中有风,伞遮不到的地方就被淋湿了;当我走在泥泞的路上时,因为没有拐杖,所以走得非常仔细,专拣平稳的地方走,所以就没有摔伤。"然后,他又问拿拐杖的旅行者:"你为什么没有被淋湿而是摔伤了呢?"拿拐杖的人说:"当大雨来临的时候,我因为没带雨伞,所以只能找那种能躲雨的地方走,所以没有淋湿;但当我走在泥泞坎坷的路上时,我便用拐杖拄着走,却不知为什么频频跌倒。"

第三个旅行者听完后笑笑说:"这就是为什么你们拿伞的淋湿了,拿拐杖的跌伤了,而我却安然无恙的原因。当大雨来时我在房檐下躲雨,遇到泥泞的道路时我小心翼翼地走,所以我既没有淋湿也没有摔伤。"

[哲学启示]

唯物辩证法认为,矛盾双方既对立又统一,在一定条件下可以相互转化。许多时候,我们常常因为自身所拥有的优势而忘乎所以,认为有了优势便少了忧患,却往往忽略了一个事实:因为优势,我们少了警醒和戒备,从而把优势变成了劣势。所以我们往往不是跌倒在自己的缺陷上,而是跌倒在自己的优势上。

这则故事告诉人们:当我们拥有优势时,要学会居安思危,同时要把自己的优势给"看好"了,充分发挥它的作用,使优势最大化,从而弥补弱势所造成的损失,这样才能用最高的效率取得成功。

92. X 射线的益与害

1895 年,德国物理学家伦琴发现了 X 射线。次年,有一位叫哈勒·爱德华的医生把它应用到医学方面,使它变成了向病魔做斗争的武器。一次,他用 X 射线照射病人的患处,果然,没多久病人就痊愈了。就这样,他用 X 射线治好了不少人的病。可是,过了一年,他突然发现自己的一只手臂上出现了一块溃疡。起初,他并没有在意,以为上点药就会好的。不料,没过多久,那块溃疡不仅没被治好,手臂上反而接二连三地又增加了几处溃疡。这一下子他着急了,于是用各种方法加以治疗,但无论怎样治,溃疡却一点也不见好转。后来,溃疡面越来越大,甚至威胁到了他的生命。最后,在无法医治的情况下,他只好把有病的手臂截去了。

难道是 X 射线在捣鬼吗?这件事给当时热心于 X 射线研究的人们敲响了警钟。通过研究,人们终于认识到,X 射线不仅会破坏有病的细胞,从而消除疾病,对人类有益处,也能把健康的细胞杀死,使人患病,给人类带来危害。所以,自此以后,凡是和 X 射线经常接触的人,都用铅板来挡住表面看不见的 X 射线,不让它照到自己身上,从而达到趋利避害的目的。

[哲学启示]

唯物辩证法认为,世界上的一切事物都包含着既相互对立又相互统一的两个方面,矛盾就是反映事物内部对立和统一关系的哲学范畴。矛盾双方相互依赖、相互贯通,在一定条件下可以相互转化。X 射线也包含着"益"和"害"两个方面,两者相互依存,并且在一定条件下会发生转化。X 射线能够有效治病,但当照射 X 射线过了量,就会从"益"转变为"害",从治病转变为引发疾病。

这则故事告诉人们,在做任何事情时,我们都要坚持一分为二的观点,坚持"两点论",注意趋利避害,兴利除弊。

93. 得失本无常

在一次大的海上暴风中,豪华的客轮沉没了。有的乘客被救上了小艇,有的乘客随着船体一齐沉入海底。有一名乘客跳到了海里,幸好这时他的旁边飘来一只木箱,这只箱子让他免于沉没。海浪不断翻滚,终于他看见了地平线的影子,那是陆地。他使劲地扑打着海水,海浪把他冲到了那片陆地上。

他的生命保住了,但是他发现这座小岛是座无人岛,很是荒芜。看到这些,他并没有绝望,他仔细检查自己的物品——行李箱,幸运地发现里边居然有一些用具与食品。虽然有一些被海水浸泡坏了,但大部分还可以用,可以帮助他活下去。这位当代的"鲁宾孙",每天都翘首看着海上,希望有船只来将他救出这个荒无人烟的小岛。然而,很不幸,他盼星星盼月亮,就是没把船盼来。

为了活下去,他辛辛苦苦地砍了几棵树,为自己建造了一座木屋。然而,不幸的事发生了。一天当他外出寻找食物时,一场大火把他的木屋烧成了灰烬,而且连他放在屋里木箱中的日常用具也被火烧没了,这是他生活的依靠呀!他眼睁睁地看着一切都消失在滚滚浓烟中,悲痛交加,眼中充满了绝望。

第二天清晨,当他还在痛苦中煎熬时,风浪拍打船体的声音惊醒了他,一只大船正向他所在的无名小岛驶来,他得救了。"你们是怎么知道我在这里的?"他问。"我们看见了你燃放的烟火信号。"原来他的屋子被烧时产生的浓烟,被对方看见了,他们认为有人求救,所以过来救人。

[哲学启示]

得与失是一对矛盾,二者既对立又统一,在一定条件下可以相互转化。人生就是这样,没有什么可以称得上是真正的希望与失望,人们在得与失之间徘徊,得与失构成了人生的全部。

追求美好的生活是人们共同的心愿。但在实际生活中,每个人学会有所失,才能有所得;有小失,才能有大得;有局部之失,才能有整体之得。我们只有认清了这一点,才不至于因为失去而悔恨,才能更宽容地面对生活。

94. 最接近成功的时候

一位游泳健将平生最大的心愿就是成为世界上第一位横渡英吉利海峡的人。为了实现这一理想,在之后许多年里,她每天坚持刻苦训练,为这一重要目标做最好的准备。

极具历史意义的一天终于来临,在众多媒体、观众的关注下,信心十足的她跃入大海中,开始朝对岸的英国游去。

天气很好,气温适宜,她愉快地游着,不像是在挑战自己,更像是在享受生命。时间一分一秒地过去,终点也越来越临近。这时,海上突然起了浓雾,达到了伸手不见五指的程度。身处茫茫大海而失去方向的她一下子恐慌起来。她不晓得还要游多远才能到达对岸,她越来越心虚,越来越感觉筋疲力尽。最后,她宣布了放弃。

但当她得知放弃时距对岸还有不到一百米时,遗憾和惋惜一下子把她击倒了。她说:"如果我知道距离目标这么近时,我一定会坚持到底,不管多么辛苦!"但是一切都过去了,"如果"是不存在的。

[哲学启示]

成功与失败是一对矛盾,在一定条件下可以相互转化。成功与失败之间,往往差的就是那么一点儿距离。一个人在最艰苦、最想放弃的时候,往往就是最接近成功目标的时刻。

在现实生活中,大多数失败者,都是因为在最接近成功的时候选择了放弃;而大多数成功者,则是因为在遇到困难的时候又多坚持了一会儿。可见,成功就在于坚持,坚持是人生成功的终极法宝。

95. 虚假安全

二战结束后,英国皇家空军统计了在战争中失事的战斗机和牺牲的飞行员以及飞机失事的原因和地点。其结果令人震惊——夺走生命最多的不是敌人猛烈的炮火,也不是大自然的疾风暴雨,而是飞行员的操作失误。更令人费解的是,事故发生最频繁的时段,不是在激烈的交火中,也不是在紧急撤退时,而是在完成任务归来着陆前的几分钟。

心理学家对这个结果丝毫不惊讶,他们说这是一种典型的心理现象。在高度紧张过后,一旦外界刺激消失,人的心理会产生几乎不可抑制的放松倾向。飞行员在敌人的枪林弹雨里精神高度集中,虽然外界环境恶劣,但由于大脑正处于极度兴奋中,反而不容易出纰漏。

在返航途中,飞行员精神越来越放松,当他终于看到熟悉的基地,自己的飞机离跑道越来越近时,他顿时有了安全感。然而,恰恰是在这一瞬间的放松,酿成大祸。因此人们管这种状态叫虚假安全。

[哲学启示]

可怕的虚假安全事实告诉我们,人们的失败往往不是在最困难的时候,而是在人们精神最放松的时候。本来胜券在握,但精神松懈了,问题就接踵而至,甚至会导致彻底的失败。

在人生的路上,也有很多虚假安全。当你通过重重困难,成功近在咫尺的时候,千万别因放松警惕而导致失败。

96. 吃苦与吃肉

每晚吃饭的时候,山姆总会闻到一股肉香,那是从对门邻居家的餐桌上飘出来的。他会使劲地吸气,将香气都吸到自己的鼻子里。时间一长,山姆就能够根据肉香断定邻居吃的是什么肉。山姆不明白邻居家的餐桌上为什么总会有那么多肉,而自己家却每天只能吃些廉价的蔬菜。

有一天,山姆终于忍不住问妈妈:"为什么邻居家的餐桌上总会有肉,而我们家却没有呢?"妈妈没有回答。一个星期天,妈妈问山姆:"今晚你想不想吃肉?""想啊,我好久没吃肉了。"山姆高兴地说。"那好,你随我来。"妈妈说。

妈妈带着山姆来到了一个工地上,她向工头要了一份搬砖的活,总共有一千块砖,全部搬完了可得十美元。妈妈对山姆说:"快搬吧,搬完了今晚就有肉吃了。"山姆搬了一段时间后,腿脚有些发麻,妈妈鼓励他:"已经搬了一百块,可以得一美元了。搬吧,再努力又可以得一美元了。"山姆又支撑了一会儿,实在搬不动了。"妈妈,干这事太辛苦了。"山姆伸伸胳膊说道。"歇一下再搬。"妈妈说。山姆就这样歇一会儿又搬一会儿,而妈妈总是不停地搬。山姆记得那次天气非常热,妈妈的衣服浸得透湿,像刚淋过雨似的。真是太累了,山姆真想不干了。妈妈说:"孩子,不通过辛勤劳动,哪能够得到幸福?"到了傍晚,母子俩终于把活干完了。妈妈从工头那儿领了十美元。这时候,山姆已累得直不起腰来。

晚上,餐桌上摆上了香喷喷的鱼和肉,弟弟妹妹们吃得非常香。"孩子,我想你已经知道了邻居餐桌上为什么每餐都有肉了吧。这就叫吃苦,你知道吗?"妈妈望着孩子们说。山姆的心灵受到了震撼,面对餐桌上的肉,还有吃得正香的弟弟妹妹们,他哭了。从此以后,山姆牢牢记住"吃苦"这两个字,在学习和生活中时刻严格要求自己。

[哲学启示]

苦与乐是人生的调味剂,二者既对立又统一,在一定条件下相互转化。"吃得苦中苦,方为人上人。"母亲让山姆切身体验吃"苦"的滋味,从而让山姆感受到"甜日子"是来之不易的。

吃苦是一种资本,因为不经一番寒彻骨,怎得梅花扑鼻香? 只有尝过了人生之苦,收获的果实才能更加甘甜。吃苦是福。幸福可以给你美妙的感觉,而痛苦却可以给你异于常人的翅膀。因此,一个人无论生活条件好坏,都要勇于吃苦、勤于吃苦,培养自己的吃苦精神。

97. 瞎子打灯笼

一个盲人到亲戚家做客。天黑后,他的亲戚好心为他点了个灯笼,说:"天晚了,路黑,你打个灯笼回家吧。"

盲人火冒三丈地说:"你明明知道我是瞎子,还给我灯笼照路,不是嘲笑我吗?"他的亲戚说:"你打着灯笼在路上走,别人可以看到你,就不会撞到你了。"盲人一想,点头称是。

瞎子打灯笼

[**哲学启示**]

故事中的盲人只从自己看不到光亮的角度思考,而没有想到打灯笼还有避免被别人撞倒的好处,故犯了形而上学一点论的错误。即在认识和处理问题时,只看到问题的一面而不看问题的另一面,否认事物自身的矛盾性,否认对立面的统一和斗争,否认矛盾双方在一定条件下的相互转化。

这则故事告诉人们,要坚持用一分为二的观点看问题,坚持两点论、两分法,坚持两点论和重点论的统一。

98.讳疾忌医

扁鹊是战国时期的名医,原名秦越人。他学成医术后,便一直周游列国,热心为百姓看病,大家都很敬重他。有一次,扁鹊来到一个国家,见一家死了人,尸首已停放了好几天,依然面目如生,就问明病人临死前的症状,并且断定这人还能救活。他先给病人施了针灸,然后灌下药。一会儿,死人果然活了过来。这个消息很快就传遍了全城,人们都觉得扁鹊实在是太神奇了,都说他是神医,有起死回生之术。

讳疾忌医

蔡桓公听说自己的领地内居然出了位如此赫赫有名的人物,很想见见,便命人布告四方说想要见神医扁鹊。扁鹊见到布告,急忙回国,觐见蔡桓公。他在侍从的引领下走入客厅,在蔡桓公面前站了片刻,对蔡桓公说:“主公您病了,还好现在只是在皮肤里,不过如不及时医治,恐怕会严重起来。”蔡桓公一听,便有些不快,摇头说道:“寡人没病,身体很好。”

扁鹊走后,蔡桓公冷笑道:“名医也不过如此,就喜欢挑别人的毛病,明明没病,他偏说你有病,好像只有这样才能显示他的医术高明似的,真是太可笑了。”

过了十天,扁鹊提着药篮去觐见蔡桓公,蔡桓公正坐在花园中玩赏。扁鹊来到蔡桓公面前,看看他的脸色,忧郁地说:“主公的病已经发展到肌肉里去了,再不医治,会更加厉害的。”蔡桓公听了非常不高兴,扭过头去,再也不答理他了。扁鹊没办法就只好退了出来。

过了十天,扁鹊又去见蔡桓公,对蔡桓公说:"您的病已经蔓延到肠胃里去了,再不医治,生命就有危险。"蔡桓公听后,气得变了脸色,仍然不肯让扁鹊给自己看病。扁鹊没有办法,叹着气,摇着头,离开了。

又过了十天,扁鹊第四次来见蔡桓公,一见蔡桓公,二话不说,急忙转身走了。蔡桓公觉得奇怪,就派人把他追回来,问道:"为什么这次你一句话不说就走呢?"扁鹊痛心地说:"病在皮肤里,用热水一敷,就可治好;病在肌肉里,扎扎针灸,就可治好;病在肠胃里,吃几服汤药,也可治好;但病在骨髓里,就难办了。现在,主公的病已深入骨髓,就是您现在想医治,我也没办法了。"蔡桓公听了,还是不大相信,挥了挥手,让人把扁鹊送走了。

可是才过了五天,一直不愿意让扁鹊医治的蔡桓公就浑身疼痛,一病不起了。他赶忙派人去找扁鹊给自己治病,但是已经晚了,扁鹊知道蔡桓公的病无法医治,早已经整理行装,逃到秦国去了,蔡桓公就这样因为讳疾忌医病死了。

[哲学启示]

唯物辩证法认为,矛盾是普遍存在的,是客观的,是不以人的主观意志为转移的。它既不会因为人们有意否认它或回避它而消失,也不会因为人们任意夸大它或缩小它而改变。因此,我们要想找到解决矛盾的正确方法,就必须敢于承认矛盾,而不能害怕矛盾、回避矛盾和掩盖矛盾。

这则故事告诉人们,掩盖矛盾、回避矛盾,只能造成更大危害。在现实生活中,我们应从中吸取教训,要承认矛盾的普遍性与客观性,正确对待矛盾,认真分析矛盾,妥善解决矛盾。

99.世界上最宝贵的东西

一个学生向苏格拉底请教:"世界上什么东西最宝贵?"苏格拉底没有直接回答,而是领着学生到民间去寻找答案。

在医院里,他们询问了一个患不治之症的百万富翁。这个富翁说:"我现在感到最宝贵的就是健康,谁如果能够给我一个健康的身体,我情愿把所有的财富都送给他。"在斗牛场,他们向一个失恋的斗牛士询问。斗牛士痛苦地说:"爱情,真正的爱情,才是世上最宝贵的东西!"他们在河边遇到一个晒太阳的老人,他们向老人提出了同样的问题。老人颤巍巍地站起来,羡慕地盯着他们容光焕发的脸庞说:"在我看来,世间再没有什么东西比青春更宝贵的了!"

他们一路询问下去,拥有权力的人渴望得到友情,身陷囹圄的人渴望得到自由,精神压抑的人渴望得到快乐,门庭若市的人渴望得到宁静……人们的回答尽管各不相同,但有一点却是相似的:那些最宝贵的东西,都是他们自己已经失去或即将失去的东西。

苏格拉底说:"孩子,世界上的东西都是十分宝贵的。当我们拥有它的时候浑然不觉,而一旦失去了它,便感到它的宝贵了。所以,我们应该学会珍惜,要珍惜我们当下的拥有。"

[哲学启示]

人生在世,有许多需要珍惜的东西。人们往往在拥有时不懂得珍惜,在失去之后,才想到了珍惜,但为时已晚。矛盾是普遍存在的,人生总有得失。我们需要学会珍惜,懂得珍惜,这样才会使我们的生活多几分甜美,少几分遗憾;多几分幸福,少几分痛悔。

人生只有经历才会懂得,只有懂得才知道珍惜。在现实生活中,我们要珍惜生命中所遇到的人或事,珍惜生命中遇到的每一份滋味与感受,及时地做事,及时地爱人,及时地感恩……

100. 兼听则明,偏信则暗

魏徵字玄成,魏州曲城县人。幼丧双亲,胸怀大志,学贯古今,为唐朝贞观名相。玄武门之变后,太宗任魏徵为谏官,并常引入内廷,询问政事得失。魏徵喜逢知己之主,结成辅佐,知无不言,言无不尽,加之性格耿直,往往据理抗争,从不委曲求全。

兼听则明,偏信则暗

一日。唐太宗问魏徵:"君主怎样是明君,怎样是昏君?"魏徵答:"兼听则明,偏信则暗。从前帝尧明晰地向下面民众了解情况,所以三苗作恶之事及时掌握。帝舜耳听四面,眼观八方,故共、鲧、驩兜不能蒙蔽他。秦二世偏信赵高,在望夷宫被赵高所杀;梁武帝偏信朱异,在台城被软禁饿死;隋炀帝偏信虞世基,死于扬州的彭城阁兵变,所以人君广泛听取意见,则贵族大臣不敢蒙蔽,下情得以上达。"唐太宗对这番话深表赞同,从此,唐太宗很注意听取臣子的谏言,鼓励臣子直言进谏。

魏徵病故后,太宗伤心欲绝,感慨道:"夫以铜为镜,可以正衣冠;以史为镜,可以知兴替;以人为镜,可以明得失"。即用铜做镜子,可以端正衣冠;用往昔的朝代做镜子,可以知道国家兴旺的道理;用人做镜子,可以明白自己的得失。我常保持这三面镜子,以防止自己犯错误。现在魏徵逝世了,我失掉了一面好镜子!

[哲学启示]

"兼听则明,偏信则暗"的泛义为:广泛地听取多方面意见,就能明白事情的真相,做出正确的判断,只听信某一方面的意见不可能了解真相,有可能得出错误的结论。

唯物辩证法认为,矛盾具有普遍性,要求人们要坚持"两点论",全面地看问题。

101. 帕瓦罗蒂梳理烦恼

帕瓦罗蒂大学毕业后在从教与唱歌之间徘徊不定,父亲对他说:"你如果想同时坐在两把椅子上,那么你最终将会坐到两把椅子之间的地板上。"于是,帕瓦罗蒂决定放弃做教师,选择了唱歌。

从事歌唱事业的帕瓦罗蒂遇到了困扰他发展的最大障碍——长时间练习会导致嗓子劳累,他不怕累,可是嗓子过度劳累就会影响他歌唱事业向更高的目标发展!苦闷中的他躺在旅馆的房间里辗转难眠。真是屋漏偏逢连阴雨,失眠的帕瓦罗蒂又遇到了一个夜哭郎!邻近房间里的小婴孩从暮色降临起直哭到三更半夜。长时间的啼哭并未使这孩子声音嘶哑,那洪亮的哭声始终都是那样高亢激昂。处于这样的噪声干扰中,如若换了别人,也许会长吁短叹自己的命运多舛;也许早就怒不可遏地冲进旁边的房间,气急败坏地指责对方严重影响了他的休息,要求赔偿精神损失;也许会气冲冲地在自己的房间里弄出更大的噪声,以此向邻居示威,也许……帕瓦罗蒂在这样的长时间响彻云霄的哭声中做了些什么呢?

他在听,在倾听,越听越兴奋,越听越有滋味,并由小孩子的哭声联想到了自己的歌唱事业——小孩子哭了那么长时间为什么嗓子也不累呢?他肯定没用嗓子在发力,那么他是用什么方法在发声呢?孩子的哭闹引发了帕瓦罗蒂的极大好奇心,也促使他产生了一种灵感。在好奇心与灵感的共同推动下,他开始了模仿与研究,终于悟出了一种新的发声方式,由此把歌唱事业推上了一个更高的峰顶。

[哲学启示]

承认矛盾的普遍性是坚持唯物辩证法的前提。在任何时候,对任何事物,我们都要承认矛盾,分析矛盾,积极寻找正确的方法解决矛盾。孩子的哭声和嘈杂的环境已既成事实,关键在于能否直视事实,并采取正确的态度,做到趋利避害,扬长避短。歌唱大师帕瓦罗蒂做到了这点,他并没有让孩子的哭声左右自己,让烦躁影响自己的情绪,反而把哭声当歌声来听,使坏事转化为好事。

老子曰:"祸兮福之所倚,福兮祸之所伏"。意为,祸是造成福的前提,而福又含有祸的因素。也就是说,好事和坏事是可以相互转化的。在现实生活中,当我们遇到对自己不利的所谓坏事,要用积极的心态,将这件坏事变成一件好事来看待,想方设法让坏事变成好事。

102. 对牛弹琴

春秋时期,鲁国的公明仪对音乐有极深的造诣,善于弹琴。他的琴声优美动听,人们听到他美妙的琴声之后往往如醉如痴。

有一天,他带着琴来到城郊的田野散步,发现不远处有一头牛正在吃草。他兴致勃发,突发奇想,要为这头牛演奏一曲。于是他拨动琴弦,对着这头牛弹奏了一首高雅的《清角之操曲》。虽然公明仪弹奏的曲子非常悦耳动听,但是那头吃草的牛却根本不理会那高雅的曲调,仍然低着头继续吃草。

对牛弹琴

公明仪见美妙的琴声并不能打动这头不懂音乐的牛,又想出了一个办法。他抚动琴弦,弹出一段段奇怪杂乱的声音,有的像嗡嗡的蚊蝇声,有的像迷路的小牛犊发出的叫声。这时这头牛才像突然明白了什么似的,摇摇尾巴,竖起耳朵,听了起来。

[哲学启示]

唯物辩证法认为,矛盾着的事物及其每一个侧面各有其特点,要坚持具体问题具体分析。具体问题具体分析是正确认识事物的基础,也是正确解决矛盾的关键。

这则故事告诫人们,教育要看对象,要因材施教。同样说话也要看对象,如果对愚笨的人讲深刻的道理,或对外行人说内行话,或对不懂道理的人讲道理,均是白费口舌,犹如"对牛弹琴"。

103. 鲁人徙越

春秋时期,有一对鲁国夫妇,丈夫擅长编织草鞋,妻子善于纺织生绢。他们想一起迁徙到越国去。

有人知道了他们的打算,就告诫他们说:"你们到越国去,一定会受穷的。"这对夫妇不解地问:"那怎么会呢?我们夫妻俩都有一技之长,到哪里都不会受穷挨饿的。"

那人说:"是的,你们俩各有专长。但草鞋是用来穿的,而越国人却赤脚走路;生绢是用来做帽子的,但越国人却披头散发不戴帽子。你们迁徙到不能发挥特长的国度谋生,怎么会不受穷呢?"

[哲学启示]

具体问题具体分析,是唯物辩证法的一个重要原则。在我们的生活、工作、学习中,难免会遇到一些问题,需要我们遵循这一原则去解决。同时,要注意发挥自己的长处,克服自己的短处,扬长避短。

扬长避短是通向成功的秘诀。扬长,是发扬长处,充分发挥自己的优势;避短,是放弃或回避自己的劣势。在现实生活中,只有扬己之长,避己之短,方能使自己趋于成功。

104. 对症下药

三国时期,州官倪寻和李延都感觉头痛发热,便一同请名医华佗看病。华佗检查后,给倪寻开的是泻药,给李延开的是发散药。两人惊讶地问:我们的症状相同,开的药为什么不一样?华佗解释说:倪寻的病是由内部伤食引起的,而李延的病是由外部受寒引起

的,因此,治疗的方法不同。两人回去按方服药,果然病很快就
好了。

对症下药

[哲学启示]

唯物辩证法认为,矛盾具有特殊性,要具体问题具体分析。故
事中的两人尽管得病的症状相似,但病因不同,故华佗对症下药,
所开药方也就不同。

这则故事启示人们,在想问题、办事情时,要根据事情的不同
情况采取不同的措施,不能一概而论,更不能搞"一刀切""一风
吹"。那种不分性质、不加区别,用同一标准来对待事情或处理问
题,必然事与愿违。

105.量体裁衣

清代北京城里有个裁缝,手艺高超,官员和大户人家大多愿意
请他缝制衣服。

他给人裁衣量尺寸的时候,不但注意穿衣人的身材,而且对于性情、年龄、相貌等特征,也都加以观察,甚至连何时中举等事,也一一询问。有人感到奇怪,便问他:"你询问这些干什么?难道与做衣服量尺寸有关系吗?"他说:"当然有关系。仅从衣服长短来讲,少年中举的,难免傲气一些,走路多是挺胸鼓肚,衣服要前长后短一些,穿上必定合身;老年中举的,大多意气消沉,走路多是弯腰曲背,衣服就要前短后长一些。胖子的衣服,腰部要肥点;瘦人的衣服,腰部要窄点。性情急的人衣服宜短,性情慢的人衣服宜长……"

量体裁衣

[哲学启示]

唯物辩证法认为,矛盾具有特殊性,要坚持对具体问题进行具体分析。这位裁缝之所以手艺高超,就在于他不仅仅按照每个人的身材裁衣,且善于掌握穿衣人的具体情况,制作出适合不同人穿的各种衣服。

故事中裁缝的正确认识,来自实践。他的正确认识和实践,又来自调查研究,来自从实际出发。裁缝在调查研究中,不仅认识到做衣服的普遍性,更重要的是发现了其特殊性。

106. 接受不完美的人生

一次,在哈佛大学本·沙哈尔教授的课堂上,有个学生向沙哈尔提问道:"请问老师,您是否知道您自己呢?"沙哈尔回答说:"嗯,我回去后一定要好好观察思考,了解自己的个性、心灵。"

沙哈尔教授回到家就拿来了一面镜子,仔细观察自己的外貌、表情,然后来分析自己。首先,他看到了自己闪亮的秃顶,想:"嗯,不错,莎士比亚就有个闪亮的秃顶。"随后,他看到了自己的鹰钩鼻,心想:"嗯,大侦探福尔摩斯就有一个漂亮的鹰钩鼻。"看到了自己的大长脸,就想:"美国总统林肯就有一张大长脸。"看到了自己的小矮个儿,就想:"哈哈! 拿破仑个子就很矮小。"看到了自己的一双八字脚,心想:"呀,卓别林就是一双八字脚!"

第二天,他这样告诉学生:"我集古今国内外的名人、伟人、聪明人的特点于一身,我是一个不同于一般的人,我将前途无量。"

[哲学启示]

本·沙哈尔教授善于欣赏自己,这令他对自己充满了自信。即使在别人看来,他的长相并不出众,但是,经过他一番积极地心理暗示,他发现自己身体的每个部分都与名人、伟人、智者扯上了关系,这样一来,自己肯定是一个前途无量的人。

矛盾具有特殊性,世界上没有两个完全相同的人。每个人都是独立的个体,每个人身上都有许多与众不同的地方。我们不能总是欣赏别人,而忽略了自己的优点;不能一味地与他人比较,而最终失去了自我。认同自己,学会欣赏自己,你就会成为一个全新的自己。

107. 另一种浪漫

有一期《鲁豫访谈》节目,采访中央电视台一位著名主持人,有一段关于浪漫的对话。

问:"生活中您是个浪漫的人吗?"

答:"是。"

问:"怎么浪漫?"

答:"在家看看书、写写字。"

问:"这就叫浪漫啊?"

答:"这还不叫浪漫? 别人都在外面劳碌奔波,我独自在家安安静静地读书写字,和别人不一样,当然叫浪漫。"

[哲学启示]

什么叫浪漫? 浪漫,通常是指富有诗意、充满幻想、不拘小节的言行。但矛盾具有特殊性,不同的人对浪漫的诠释是不同的,不同的年龄段对浪漫的看法也是不同的。在故事中这位主持人的眼里,能在家里看看书,写写字,充满了情趣,是别样的浪漫。

其实,现实和浪漫是不可分的。没有浪漫的现实生活是枯燥乏味的,而脱离现实生活追求不合实际的浪漫也是不能长久的。

108. 趵突泉的破碗

趵突泉是济南七十二名泉之首,被誉为"天下第一泉"。泉水清澈、甘甜,行人经过时常用手掬一捧泉水喝。附近千佛寺的一个老和尚见此情景,拿了一个有缺口的碗放在泉台上,不少人就用这只破碗舀泉水喝。

某日,有位富商来趵突泉游玩,见人们用破碗喝泉水,心想:"如此灵秀之地,怎能放一个破碗?"于是他让随从买来一只精美的瓷碗,换掉了原来的破碗。但第二天,有人用瓷碗喝过泉水后就把它拿走了。其他人又只能用手掬水喝。

几日后,富商又来到趵突泉,发现瓷碗已经不见了。正纳闷时,他看到老和尚拿着一只碗走过来,用石头把碗敲出一个缺口,再放到泉台上。富商忙上前问:"您为何要把碗敲破? 名泉当配好碗啊。"老和尚摇摇头:"好碗让人贪心,破碗因为残破,谁都不会打它的主意,才能长久供人使用。"富商恍然大悟。

[哲学启示]

唯物辩证法认为,事物的矛盾各不相同,决定了解决矛盾的方法也不同。只有对具体问题做具体分析,把握矛盾的特殊性,才能找到解决矛盾的正确方法。老和尚针对不少人贪心的心理,用破碗解决了人们喝水问题,令人赞叹。

这则故事还告诉人们,完美的东西并非适用于所有环境,适用的东西也无须苛求完美。

109. 白马非马

在战国时期,有一年赵国的马匹流行烈性传染病,秦国严防瘟疫传入国内,就在函谷关口贴出告示,禁止赵国马匹入关。

这天,正巧公孙龙骑着白马来到函谷关。关吏说,"你人可入关,但马不能"。公孙龙辩道:"白马非马,怎么不可以过关?"关吏说:"白马是马"。公孙龙说:"我公孙龙是龙吗?"关吏一愣,但仍坚持说:"按照规定只要是赵国的马就不能入关,管你是白马还是黑马。"公孙龙微微一笑,道:"'马'是指名称而言,'白'是指颜色而说,名称和颜色不是一个概念。'白马'这个概念,分开来就是'白'和'马'或'马'和'白',这是两个不同的概念。比如说你要马,给黄马、黑马可以,但是如果要白马,给黄马、黑马就不可以,由此证明'白马'和'马'不是一回事,所以说白马非马。"

白马非马

关吏越听越迷糊,被公孙龙这套高谈阔论搞得晕头转向,被侃晕了,不知该如何对答,无奈只好让公孙龙骑白马过关。

[哲学启示]

"白马"和"马"这两个概念在逻辑上说是类属关系即蕴含关系,在哲学上是一般和个别、共性和个性的关系。从一般和个别的关系看,"马"和"白马"是有区别的,"马"是对所有的马,如白马、黑马、黄马等一般性质或共性的概括;各种具体的马则是"马"的一种。"白马"与"马"又是相互联系的,一般的"马"只能通过具体个别的马而存在,离开了具体个别的马是找不到一个抽象的"马"的。

公孙龙看到了"马"和"白马"的区别,就这一点,他的说法具有合理的因素。但是,他否认"马"和"白马"的一般与个别、共性与个性的辩证关系则是形而上学的。特别是他从根本上否认"白马"是"马",也就违背了客观实际,从而导致了主观任意玩弄概念的诡辩论。

110. 世界上没有两片完全相同的树叶

十七世纪德国哲学家莱布尼茨曾经当过"宫廷顾问"。有一次,国王让他解释一下哲学问题,莱布尼茨对皇帝说,任何事物都有共性。国王不信,叫宫女们去御花园找来一堆树叶,莱布尼茨果然从这些树叶里面找到了它们的共同点,国王很佩服。

这时,莱布尼茨又说:"凡物莫不相异","天地间没有两个彼此完全相同的东西"。宫女们听了这番话后,再次纷纷走入御花园去寻找两片完全没有区别的树叶,想以此推翻这位哲学家的论断。结果树上的叶子好像都一样,但仔细一比较,却是形态各异,都有其特殊性。

[**哲学启示**]

这则故事生动形象地说明了矛盾的普遍性和特殊性的辩证关系。矛盾的普遍性与特殊性是相互连接的。一方面,普遍性寓于特殊性之中,并通过特殊性表现出来,没有特殊性就没有普遍性;另一方面,特殊性也离不开普遍性。世界上的事物无论怎样特殊,它总是在特殊性中包含着普遍性。

一个人认识事物,既要认识其共性的东西,又要认识各自不同的个性的东西,坚持共性与个性、一般与个别的统一。这就要求在现实生活和工作中,我们要坚持一切从实际出发,实事求是,理论与实际相结合。

111. 擒贼先擒王

唐天宝年间,西北边境的少数民族入侵,唐王派兵出征。战事虽然发生在边关,然而却牵动着远在千里之外著名诗人杜甫的心,他接连写下了组诗作品《前出塞九首》。其中一首中就有:"挽弓当挽强,用箭当用长。射人先射马,擒贼先擒王。"诗的大意是说,弓要选用力量大的强弓,箭要用锋利的长箭。要消灭敌人的骑兵先要消灭胯下的战马,要打败敌军先要擒住敌方的首领。

[哲学启示]

唯物辩证法认为,在复杂事物发展过程中存在着许多矛盾,其地位和作用是不平衡的。主要矛盾的存在和发展,规定或影响着其他矛盾的存在和发展。

这一哲学道理告诉人们,在看问题、办事情时,要善于抓住主要矛盾,集中主要力量解决主要矛盾。如果不分主次,胡子眉毛一把抓,就不可能把事情办好。射人先射马,擒贼先擒王,是战胜对手的关键,也是抓主要矛盾的具体表现。

112. 眼中只有野兔

一位总经理要从三名优秀的职员中选取一位做助手,他再三权衡,难下结论,最后带着他们去牧场打猎。

到达目的地后,一切准备就绪。在开始行动之前,总经理问:"你们看到了什么?"甲说:"我看到了蓝天、白云,看到了一望无际的草原,还有奔跑的野兔。"乙说:"我看到了眼前优美的景色、总经理、同事、猎枪,还有奔跑的野兔,水中的野鸭。"丙说:"我只看到了野兔。"回到公司,总经理最终确定丙为总经理助手。

[哲学启示]

唯物辩证法认为,在认识复杂事物的发展过程时,要着重把握主要矛盾。这则故事启示人们,在想问题、办事情时,要善于抓住主要矛盾,只有集中力量解决主要矛盾,才有可能把事情办好。职员甲与职员乙落选的主要原因是看问题不分主次,抓不住中心,"胡子眉毛一把抓"。职员丙胜出的原因,就在于他善于抓关键、抓重点、抓中心。

113. 健康的人生

有一次,美国商人约翰·巴布森乘飞机到以色列参加一项商务谈判,到达的那天刚好是周六。在美国,巴布森倍受交通堵塞之苦,当他看到这里街上汽车稀少、交通顺畅,感到很奇怪。"你们首都的车辆就这么多吗?"他问接他的犹太商人朋友谢文利。

谢文利解释道:"你可能不了解犹太人的习惯,我们从每周的周五晚上至周六傍晚,为禁烟、禁酒、禁欲的时间,一切杂念都要抛开,一心一意地休息。人们一般都待在家里,所以街上往来的汽车比平时少了很多。周六晚上才是我们真正的周末,我们可以尽情地享受。"巴布森羡慕地说:"你们犹太人真懂得休息与享受。"

谢文利不无得意地说道:"因为我们明白只有健康的身体,才能享受快乐的人生。要想有健康的身体就必须吃好、睡好、玩好,健康才是犹太人最大的本钱。"

[哲学启示]

健康是人生中最大的资本和财富。有了健康,才会有幸福;有了健康,才能谈未来。把握住了健康,就抓住了人生的主要矛盾,就把握了一切。所以,我们一定要珍惜健康。

要保持身心健康,就要养成良好的生活习惯;要每天有个好心情,就要保持乐观的心态。要学会放下,让心胸更开阔一些,不要给自己太多的压力和紧迫感。

114. 镰刀灭蚊子

约翰·杜威是美国著名的哲学家。小时候,在大家眼中,杜威是一个沉默寡言且不太聪明的孩子。

一年夏天,学校刚扩建完毕,很多地方需要清理。杜威所在的班级蚊子特别多,尤其傍晚,同学们被叮咬得根本无心上课。一天放学时,老师吩咐学生自带工具,准备进行"灭蚊"行动。第二天,同学们带来了各种工具,大部分是捕蚊网、灭蚊拍,还有灭蚊药水等。

当杜威拿着一把镰刀走进教室时,同学们都露出了惊异的表情,老师也不解地问:"你带镰刀干什么?"杜威回答:"灭蚊子呀!"同学们忍不住哈哈大笑起来,用镰刀灭蚊子? 真是天大的笑话!

接下来,同学们在教室里忙了起来,直到累得筋疲力尽,蚊子还是不断冒出来。而杜威呢,他独自走出教室,来到后面的一片杂草丛中,挥舞镰刀割起草来。同学们发现,随着杂草的清除,加上大家的努力,蚊子几乎消失了。

同学们这才佩服起杜威来,杜威则红着脸说:"昨天我发现,教室后面的杂草丛才是蚊子的藏身之处,只有把杂草清理掉,蚊子才会彻底消失。"

[哲学启示]

杜威用镰刀清除蚊子的藏身之处,是抓住了灭蚊的主要矛盾。这则故事告诉人们,治标先治本,只有透过现象抓住事物的本质,找到问题的根源,才能彻底而有效地解决问题。

"标",是指表面的病症,而"本"是指引发病症的源头。在现实生活中,要想把问题真正解决好,或者治标先治本,需要先从引发问题的源头上解决;或者既要治标,更要寻求治本之策,以实现标本兼治。

115. 一颗善良的心

一位见多识广的老法官,在公园散步时碰到一个熟识的青年人。"保罗,你好!"老先生向他打招呼:"我听说你要结婚了,我很高兴,你的未婚妻是个怎样的人?"

保罗笑着答道:"她是个美丽的女孩。"法官从口袋里掏出一个记事本,写了一个"0"。然后又问:"还有呢?"保罗想了想,说:"她很聪明。"法官又写了一个"0"。保罗接着说:"她的工作待遇相当好。"法官再写了一个"0"。就这样,法官一直写到九个"0"。

保罗又说,"我的未婚妻有一颗善良的心,好多次我注意到,当有人需要帮助时,她总是及时伸出援手。"这时,法官在九个零之前写了一个"1"字,然后合上记事本,热情地握住保罗的手,说:"保罗,恭喜你啊。你的未婚妻价值十亿元。和她在一起,你将度过幸福的一生!"

[哲学启示]

这则故事启示人们:无论做什么事情,都要抓中心、抓关键。

尤其是每个人的终身大事,在选择配偶时一定要抓主要矛盾。一个人美丽与否、聪明与否、工作待遇高低等,在婚姻大事面前都是次要矛盾。而真正的主要矛盾,是看对方的品德修养,看对方是否拥有一颗善良的心,这才是最最重要的择偶条件。

116. 留点精力看演出

有个小镇来了马戏团。因为有很多杂务要做,他们在当地临时招工并承诺,做三小时工作的人可以给一张外场的票,做六小时就可以进到内场,要是干一整天,就可以得到一张最前排最中间位置的票。

有一对穷人家的兄弟俩,听说做临时工可以得到马戏团的票,他们兴高采烈地报了名。而且兄弟俩一致愿意做一整天的活,换两张最前排的票。

于是,他们开始了辛苦的工作。搬器具,搭台子,提水扫地……从太阳升起到落下,他们一刻不停地干活,中间只分吃了一个馒头。其实到下午的时候,兄弟俩就已经没有力气了,但是看马戏的信念支撑着他们一直干下去。到了晚上,兄弟俩终于在劳累一天后迎来了演出。他们筋疲力尽地坐在第一排最中间的位置上,当主持人出场时,大家都热烈地鼓掌,而这兄弟俩却在掌声里,沉沉地睡着了。

[哲学启示]

这个世界很精彩,就像马戏团的演出一样。而我们每个人,都渴望能坐在最前排最中间的位置看这场演出。于是乎我们努力努力再努力,奋斗奋斗再奋斗,为了实现自己的理想而辛勤劳作。然而,当终于拿到票的那一刻,再也没有精力和心思去欣赏演出了。

　　这则故事告诉人们,要把握矛盾的主要方面,抓本质,抓主流。我们每个人都要给自己的人生一个准确的定位:我们来到这个世界上,究竟是为了看马戏,还是为了坐在最前排睡大觉?

树立创新意识

　　辩证法在对现存事物的肯定中,同时也包含着对现存事物的否定。辩证法按其本质来说,是批判的、革命的和创新的。创新是对既有理论、实践的突破,要创新就要有批判和发展。

　　辩证法的创新意识要求我们,密切关注变化发展着的实际,敢于突破与实际不相符合的成规陈说,敢于破除落后的思想观念;注重研究新情况,善于提出新问题,敢于寻找新思路,确立新观念,开拓新境界。

　　创新是民族进步的灵魂。实践永无止境,创新永无止境。把握唯物辩证法的革命的批判精神和辩证否定观,有助于我们自觉树立创新意识,坚持解放思想、实事求是、与时俱进、求真务实。

117. 鲁班造锯

鲁班生于公元前 507 年,本姓公输,名班。因是鲁国人,后人尊称鲁班。鲁班是木工的始祖,他在实践中留心观察,模仿生物形态,发明了许多木工工具,如锯、刨等。

鲁班造锯

鲁班是怎样发明锯的呢? 相传有一次,鲁班接受了建造一座大宫殿的任务,工程规模浩大,需用很多木材,他命工匠们上山去砍伐大树。当时还没有锯,只能用斧头砍,一天砍不了几棵树,木料供不应求,他很着急,于是就亲自上山察看。

由于山势陡峭,爬起来非常困难,鲁班一不留意,脚下一滑,急忙用手去抓长在旁边的野草,没想到手被一种野草的叶子划破了,立马就渗出血来。于是他摘下叶片仔细观察,叶子两边长着锋利的齿,他用这些密密的小齿在手背上轻轻一划,居然又割开了一道口子。原来他的手就是被这些小齿划破的。

望着手背上划开的几道小口子,鲁班陷入了沉思。他想,要是制作如此齿状的工具,不就能锯断树木了吗?他经过多次试验,终于发明出了锋利的锯,大大提高了伐木的工作效率。随后鲁班给这种新发明的工具起名叫"锯"。

[**哲学启示**]

世上无难事,只怕有心人。一件小事、一次经历都会是人生的一笔宝贵财富,我们要善于观察生活中的点点滴滴。创意来源于实践,生活中的点滴,可以构成无限的创造。我们要善于收集资料,将对事物现象的感性认识上升到对事物本质和规律性的理性认识。

唯物辩证法认为,偶然性中有必然性,必然性是通过偶然性表现出来的。人们要认识必然性就要透过偶然认识必然。这则故事说明,当人们对某一问题经过长时间的研究探索还找不到解决的方法时,往往遇到偶尔的一件事或偶然的发现,便能启发人们打开思路,使问题迎刃而解。

118. 曹冲称象

三国时期,有一次,东吴孙权送给魏国曹操一头大象。大象运到许昌那天,曹操便带领文武百官一同前去观看。看到大象后,曹操让自己的手下官员想办法称出大象的重量。官员们围着大象议论纷纷,但是谁也想不出办法来。

就在这个时候,曹操的小儿子曹冲站了出来,告诉大家自己有办法称出大象的重量。他先叫士兵把大象牵到船上,当船下沉后,他命人在船的吃水线画一个记号。士兵把大象牵上岸后,曹冲又叫人把石头放入船中,直到记号与水面平齐。然后,曹冲告诉曹操,只要称出石头的重量就能知道大象的重量。

曹冲称象

[哲学启示]

曹冲用大石头化整为零地解决了古代没有大秤称特大物品重量的疑难问题,说明人的思维创新的重要性。这则故事告诉人们,平时要多观察,遇事多动脑筋,就能找到解决问题的好办法。

119. 以谎识谎

李靖是唐初著名的军事家,在与突厥征战中屡获奇胜,为唐王朝的建立和发展立下了汗马功劳,但也因此遭到了小人的陷害。在他担任岐州刺史期间,有人给唐高祖李渊递交了一份状纸,告发李靖想谋反,并列举了大量罪证。唐高祖看到后信以为真,立即命令御史刘成前往岐州缉拿李靖归案。

御史刘成非常了解李靖,知道他是个忠贞不贰的人,绝不会有叛逆之心。但在那个年代,要想证明一个人的清白可不是件容易的事。明知是诬告,但却一时想不出为李靖辩白的办法,刘成心里非常着急。情急之下,刘成只好请求与原告同行,想看看这位诬告之人一路上会不会露出什么破绽。

　　一路上,这位诬告者行事十分谨慎,想要找出破绽十分困难。于是,刘成一到歇脚的时候就翻开这封诬告状纸,想从中找出蛛丝马迹。一天,他再次打开状纸研究状纸上列举李靖谋反的每一条"罪证",看着看着,刘成忽然心中一亮,既然是诬告者自己编造出来的,如果再复述一遍就有可能出现前后不合的地方。何不利用这一点抓住诬告者的把柄呢?

　　于是,刘成命人马立即上路,半天也没歇脚,正当所有人都累得满头大汗时,刘成忽然惊慌失措地对告状人说:"不好,你写的那份状纸被我的手下弄丢了。"然后拿起鞭子抽打主管行李的人,并请告状者再写一份。无奈之下,告状者只好照办。

　　告状者写好后,刘成立即拿出那份已"丢掉"的原状进行对比,果然不出所料,两份状纸出入很大。于是,刘成马上调头回京将此事上奏唐高祖。唐高祖知情后大怒,立即将诬告者问罪。就这样,一场诬告阴谋败露,李靖有惊无险。

　　[哲学启示]

　　以谎识谎,看似荒诞,却不失为一种良策。在生活中,面对一些看似无法破解的难题,我们不妨打破原有思维,从侧面或反面入手,也许会有意想不到的收获。

120. 司马光砸缸

宋代宰相司马光儿时有一趣事,一天他和小朋友在一起玩儿捉迷藏。有一个小朋友爬到假山上玩,结果不小心翻滚了下来,正好摔到大水缸中。水缸又高又大,眼看掉进水缸中的小朋友快被淹死,其他小朋友有的吓哭了,有的吓跑了。只有司马光很勇敢,他急中生智,抱起地上一块大石头狠劲儿向水缸砸去,水缸被砸破开了,水哗哗地流了出来,缸中的小朋友得救了。

司马光机智勇敢的举动,受到大人们的夸奖。

司马光砸缸

[哲学启示]

唯物辩证法认为,世界是一个永不停息地运动、变化和发展的世界,要求人们以批判的、革命的精神看待世界,自觉树立创新意识,坚持解放思想、实事求是、与时俱进、求真务实。

这则故事告诉我们,要学习司马光那种敢于打破成规、勇于创新的精神。同时,告诫人们无论遇到什么事情都应该沉着冷静思考,遇事不要慌乱,在面对别人发生危险时要机智救人、勇于助人。

121. 过桥洞

一条河上有座石拱桥,河面不宽,往来的船只很多。一天,有艘船要过桥洞。船上装满了稻草,捆得很结实,但装得多了点,稻草比桥洞还高,船过不去了。船夫只好停船想办法,可后面的船也要过桥洞,船上的人大声嚷嚷,催得急。

有人给船夫出主意说,把捆稻草的绳子解开,拿掉一点稻草,等船过了桥洞,再把稻草装上就行了。问题是,绳子一解开,船上的稻草就完全散开了,一不小心就会掉到河里,这个办法显然行不通。

船夫正着急,只听岸上有个孩子说:"压几块石头就好啦!"船夫一听,赶紧跳上岸,搬了几块石头放到自己的船上。船由于载重量加大,吃水就深了,稻草的高度就低于桥洞的高度,于是顺利地通过了桥洞。

[哲学启示]

辩证法的批判性思维要求我们,密切关注变化发展着的实际,敢于突破与实际不相符合的成规陈说,敢于寻找新思路,开拓新境界。

在现实生活中,多一个思路,多一条出路。思路决定出路,观念决定前途。有时候看似是"减"的问题,用"加"的方法反而更好解决。打破常规,逆向思维,很多问题都会迎刃而解。

122. 余光中的获奖致辞

余光中是著名的学者、诗人、散文家。有一次,在一项文艺大奖评选中,获奖者大都是黑头发的晚辈,只有余光中年届花甲,白发染霜。相形之下,余光中颇不自在。在致辞中,余光中风趣地说:"一个人年轻时得奖,就应该跟老头子一同得,表示他已经成名;但一个人年老时得奖,就应该同小伙子一同得,表示他尚未落伍。"话音刚落,满堂喝彩。

[哲学启示]

确实花甲之年跟年轻人同台领奖,难免会有些尴尬,然而机智的余光中用充满哲理的话语将尴尬消解。他先是不动声色地称赞年轻人功成名就,而后恰到好处地表明自己宝刀未老。

余光中的获奖致辞,既表现出他的创新能力,又表现出谈吐的非凡魅力,同时尽显豁达,可谓一举多得。

123. 领先方为大师

1936 年 10 月,钱学森到美国加州理工学院航空系学习,师从世界著名空气动力学教授冯·卡门。

一次学术讨论会上,卡门教授讲了一个非常好的想法。有人问:"教授,您把这么好的想法都讲出来,就不怕别人超越您?"卡门教授说:"我不怕,等他赶上来,我又跑到前面去了。"

后来,钱学森回忆起那段学习经历,深有感触地说:"冯·卡门教授的一席话,使我一下子开了窍。加州理工学院拔尖的人才很多,我得和他们竞赛,才能跑到前沿。这里的创新还不能是一般的迈小步,那不行,你很快就会被别人超过。你所想的、所做的,要比别人高出一大截才行。你必须敢为天下先,想别人没有想到的东西,说别人没有说过的话。"

[哲学启示]

迎接未来科学技术的挑战,最重要的是要坚持创新,勇于创新,善于创新。敢想天下先,敢为天下先,终成大师。大师取得的成就可能会被后人超越,但领先的思想和意识却难以超越。

"敢为天下先",最先见于老子《道德经》,意思是指敢于做先行者,开天下万物之先河,做他人未曾做过的事。"敢为天下先",是勇者的无畏,是奉献者的无私,是自信者的昂扬。发扬"敢为天下先"精神,就要勇于另辟蹊径,敢于突破常规,想常人不想之事,做常人难做之事,在自己的岗位上不断发光,不断创造更多的价值。

124. 智者的眼睛

电台请一位商界奇才做嘉宾主持,大家非常希望能听他谈谈其成功之道。但他只是淡淡一笑,说:"还是出个题考考大家吧。某地发现了金矿,人们一窝蜂地拥去,然而一条大河挡住了必经之路。如果是你,会怎么办?"有人说"绕道走",有人说"租条船",也有人说"游过去"。

商界奇才含笑不语,最后他说:"为什么非得过河去淘金,为什么不买条船开展营运?"大家愕然。

[哲学启示]

树立创新意识是唯物辩证法的要求。干他人不想干的,做他人不曾做的,这就是成功之道。有时候困境在智者眼中,往往意味着就是一个潜在的机遇。

125.与众不同的"还债公司"

有位富商在一个中西部的小镇开了一家与众不同的"还债公司",到处张贴广告,内容为:不管是谁有没收回来的债务,只要在某天上午9点到12点之间来他的办公室,他就会替那个人清偿债款。消息很快就传开了,镇上的很多人都来围观,但真正相信的并没有几个人,大多数人都怀疑其中有诈。

等到了那一天,上午9点整富商就坐在办公桌前,可是一直到10点钟,没有一个人进来。11点左右,有一个人走到办公室门口,犹豫了半天,最后终于敲了门,探头进去问道:"您真的会替人还债?""当然。"那个富商答道:"有人欠你钱吗?""是的。""那你有没有带借条或是其他的证明来?"富商问。那个人出示了借据,富商立即签了一张数额正好抵偿欠额的支票给他,并收下了借据。在12点钟以前,又来了两个人,他们的欠债也得到了偿还。

很多围在办公室外面的人得知这一切是真的,便纷纷朝家跑去。可是等他们拿着欠条再回到富商的办公室,却发现已经关门。他们这才醒悟,12点钟已经过了。

[哲学启示]

在现实生活中,有的人往往对身边的一切都持否定的态度,尤其是对我们从未接触过的事物,更容易全盘否定。有时候,机遇就在一瞬间,如果你不能抓住它,它是不会为你再出现第二次的。

在漫漫的人生旅途中,每个人都会遇到很多机遇,关键是你能否抓得住。经常有人抱怨自己生不逢时,一生没有好的机遇。其实,机遇就潜藏在每个人的身边。在人的一生中,不能把注意力过多地集中在"机遇"上,而应该多学习,努力提高自身素质,这样抓住机遇的可能性就会大大提高。善于抓住机遇是一种智慧,善于创造机遇的人才是更智慧的人。

126. 爱迪生发明电灯

电灯在今天已不足为奇。但在 1880 年以前,电灯还仅有它的雏形,就是当时最流行的弧光灯。这种灯是在电瓶两极的头上接两根木炭,通电后把两极一碰,然后再把它分开,两极之间立刻发出火焰。由于两极是水平的,中间有热空气上升,两极间的火焰就向上微微弯曲如弧形,故被称为弧光灯。1877 年,爱迪生就开始了改革弧光灯的试验,提出了变弧光灯为白光灯的设想。

爱迪生发明电灯

这项试验要达到满意的程度,必须找到一种能燃烧到白热状态的物质做灯丝,这种灯丝要经得住热度在 2000 ℃且燃烧 1000 小时以上。这在当时是极大胆的设想,需要下极大的工夫去探索、去试验。一些科学家都取笑爱迪生是个傻子,讽刺他"梦想、吹牛",还有几个学者用数学方法证明这项研究是不可能成功的。但是爱迪生却始终充满信心,不断进行试验。

为了选择适合做灯丝用的物质,爱迪生先是用碳化物做灯丝试验,失败后又以金属铂与铱高熔点合金做灯丝试验,总计做过一千多种不同的试验,结果都失败了。这时他和他的助手们已取得了很大进展,已知道白热灯丝必须密封在一个高度真空玻璃球内(灯泡)才不易熔掉的道理。这样,他的试验又回到碳化物灯丝上来了。他昼夜不息地用全部精力在炭化上下功夫,仅植物类的炭化试验就达六千多种。他的试验笔记簿多达二百多本,共计四万余页,先后经过三年的时间。到了 1880 年的上半年,爱迪生的白热灯试验仍无结果。

有一天,他把试验室里的一把芭蕉扇边上缚着一条竹丝撕成细丝,经炭化后做成一根灯丝,结果这一次的结果比以前做的种种试验都优异,这便是爱迪生最早发明的白热电灯——竹丝电灯。这种竹丝电灯使用了好多年,直到 1908 年发明用钨做灯丝后才取代了它。

[哲学启示]

唯物辩证法认为,自然界、人类社会和人的认识都是不断发展的,一成不变的事物是没有的。爱迪生在发明电灯的过程中,坚持发展的观点,不断改进,不断完善,永不满足,最终取得成功。

辩证的否定是发展的环节,是实现新事物产生和促使旧事物灭亡的根本途径;辩证的否定是联系的环节,新事物产生于旧事物,它总是吸取、保留和改造旧事物中积极的因素作为自己存在和发展的基础。爱迪生从不沉醉于自己的发明,他无时无刻不在向科学的新领域攀登,同时也无时无刻不在对自己的发明创造持否定态度,不停地加以改进。就是这种无休止的钻研,才成就了他在科学发明上的地位和声望。

127. 聪明的教练

20世纪70年代,在一次欧洲篮球锦标赛上,保加利亚队与捷克斯洛伐克队相遇。当比赛就剩下8秒时,保加利亚队以2分优势领先,一般来说应是稳操胜券。但是,那次锦标赛采用的是循环制,保加利亚队务必赢球超过5分才能胜出。可要用仅剩的8秒再赢3分,谈何容易。

这时保加利亚队教练请求暂停。暂停后比赛继续进行,球场上出现了令人意想不到的事情,只见保加利亚队队员突然运球向自己篮下跑去,并迅速起跳投篮,球应声入网。全场观众目瞪口呆,比赛时间到。当裁判员宣布双方打成平局需要加时赛时,大家才恍然大悟。

保加利亚队这出人意料之举,为自己创造了一次起死回生的机会。加时赛的结果,保加利亚队赢了6分,如愿以偿地出线了。

[哲学启示]

辩证法的革命精神和批判性思维要求我们,密切关注变化发展的实际,注重研究新情况,敢于寻找新思路,确立新观念,开拓新境界。

批判性思维的一个重要表现就是敢于打破常规,进行逆向思维。保加利亚队在遵守篮球规则的前提下,不墨守成规,做出了创造性之举,从而获得了出线权,真是令人拍案叫绝。

躬身社会实践

实践又叫社会实践,是人们改造客观世界的物质活动。实践具有客观物质性、主观能动性和社会历史性的特点。人类基本的实践活动有三:一是改造自然的生产实践活动;二是变革社会的实践活动;三是探索世界规律的科学实验活动。

实践是认识的基础。实践是认识的来源,实践是认识发展的动力,实践是检验认识真理性的唯一标准,实践是认识的目的。实践决定认识,认识对实践具有反作用,科学理论对实践有巨大的推动作用。

社会生活在本质上是实践的。马克思主义的实践观是辩证唯物主义认识论首要的基本的观点,也是打开社会历史奥秘的钥匙。

128.苏东坡续诗

有一次,宋朝大文学家苏东坡去拜访当朝宰相王安石。不巧的是,王安石正在午休,苏东坡就在王安石的书房里等候。忽然他看见桌子上面的纸稿上有两句诗:"西风昨夜过园林,吹落黄花满地金。"苏东坡不禁皱起了眉头,诗怎么能这样写呢?黄花者,菊花也。菊花是在秋季才开放的,怎么能说秋风起,菊花落呢?还满地金,分明错了。秋风起,菊花开才对呀。于是,苏东坡便提笔舔墨,续诗两句:"秋花不比春花落,说与诗人仔细吟。"然后,就离开了王府。等到王安石午觉醒来,看到了苏东坡的续诗,他抚髯一笑,心里知道这个年轻人还缺乏实践经验。

后来,苏东坡被调遣到黄州任团练副使,上任将近一年,转眼到了九九重阳,秋风刮了多日,这天风一停,苏东坡便邀请好友陈季常到后园赏菊。到了园里一看,只见菊花纷纷落瓣,满地铺金,枝上却连半朵花也没有。他顿时目瞪口呆,想起给王安石续诗的往事,才醒悟只因自己的肤浅才犯下那种无知的错误。

经过这一误解,使他长了一智,从此苏东坡就更加尊重他人了。

[哲学启示]

从归纳推理的角度来说,苏东坡的续诗存在着"轻率概括"的错误,即只根据少数的个别事实,就推出一般性的结论,并且把这个结论看作是必然的、无可怀疑的论断。

这则故事还说明,一切真知都来源于实践,没有调查就没有发言权。人们说话做事,必须全面细致地了解情况后再行动,切忌以偏概全。同时,要坚持具体问题具体分析,切忌犯"一刀切"的错误。

129. 伽利略的实验

1590 年,25 岁的伽利略对亚里士多德的一个经典理论——"如果把两件东西从空中扔下,必定是重的先落地,轻的后落地"提出了怀疑。伽利略认为,不管是轻的还是重的,他们从高空落下时,应同时落地。当时亚里士多德的思想被奉为金科玉律,自然没有人相信伽利略的话,于是伽利略决心搞一次实验,让人们亲眼看看。

伽利略的实验

这天,伽利略宣布要在比萨斜塔上进行实验。一些教授大为不满,便一起到校长面前告状。校长听了也很生气,但转念一想,这样也好,让他当众出出丑,也好杀杀他的傲气。当伽利略左手拿一个铁球,右手拿比左手中重十倍的另一个铁球爬上斜塔七层的阳台时,塔下已是人头攒动,有比萨大学的校长、教授、学生,还有许许多多看热闹的市民。就在这时,还是没有一个人相信伽利略是对的。

伽利略将身子从阳台上探出,当他两手同时撒开时,只见两只球从空中落下,齐头并进,眨眼之间,"咣当"一声,同时落地。塔下的人,一下子都懵了。先是寂静了片刻,接着便嗡嗡地嚷作一团。

这时,伽利略从塔上走下来。校长和几个老教授立即将他围住说:"你一定是施了什么魔术,让两个球同时落地,亚里士多德是绝对不会错的。"伽利略说:"不信,我还可以上去重做一遍,这回你们可要注意看着。"校长说:"不必做了,亚里士多德是靠道理服人的。重东西当然比轻东西落得快。这是公认的道理。就算你的实验是真的,但它不符合道理,也是不能承认的。"伽利略说:"好吧,既然你们不相信事实,一定要讲道理,我也可以来讲一讲。就算重物下落比轻物快吧,我现在把两个球绑在一起,从空中扔下,按照亚里士多德的道理,你们说说看,它落下时比重球快呢还是比重球慢?"

校长不屑一答地说道:"当然比重球要快!因为它是重球加轻球,自然更重了。"这时一个老教授忙将校长的衣袖扯了一下,挤上前来说:"当然比重球要慢。它是重球加轻球,轻球会拖住它,所以下落速度应是两球的平均值,介乎重球和轻球之间。"伽利略不慌不忙地说道:"可是世上只有一个亚里士多德啊,按照他的理论,怎么会得出两个不同的结论呢?"

校长和教授们面面相觑,半天说不出话来。一会儿才突然醒悟到,他们本是一起来对付伽利略的,怎么能在伽利略面前互相对立起来呢?校长的脸一下红到脖根,气急败坏地喊道:"你这是强辩,放肆!"这时围观的学生"轰"的一声大笑起来。伽利略还是不动火,慢条斯理地说:"看来还是亚里士多德错了,物体从空中自由落下时不管轻重,都是同时落地。"听了伽利略的这几句话,校长和那些教授们再也想不出一句反驳的话来,于是亚里士多德的理论就这样轻易地被这个"初生牛犊"推翻了。

[**哲学启示**]

辩证唯物主义认识论认为,实践是检验真理的唯一标准。要检验一种认识是否正确地反映了客观事物,只有把主观和客观联系起来加以比较和对照的东西,才能检验主观认识与客观事物是否相符合。唯一能够满足这一要求的,只有实践。对于前辈的结论,我们应该尊重,但是决不能盲目迷信。当我们发现有错误时,应该不为权威所屈服,不为世俗所羁绊,勇敢地用实验、观察等有说服力的方式来证明自己,从而推动认识的不断发展。

在现实生活中,我们要多一分理智,少一分盲目,不要迷信权威,要根据自己的判断去思考与选择,这才是聪明之举。

130. 琴纳发明牛痘疫苗

两百多年前,天花作为一种传染病,曾严重威胁着人类的生命。在欧洲,当时由于天花蔓延,人口大量死亡。如何找到防治天花的办法,成为当时世界各国的一大难题。

1766 年,英国人琴纳跟随一个医生行医时,收治了不少天花病人。一天,一位农场挤牛奶的女工前来看病,听到医生们在议论寻找防治天花的办法,就接上来说:"前些天天花作乱,但我们农场挤奶女工却没一个得病。有人说,这是我们常接触奶牛,手上常长牛痘,才免去了灾祸。"琴纳听了若有所悟,但另一位医生却说:"这跟防治天花有什么关系,难道让全世界的人都去挤牛奶。"

十年之后,琴纳成了正式医生,当他苦苦探索防治天花的办法未果时,他猛然想起挤奶女工的话。于是他专门赶到农场,对挤奶女工进行调查。结果了解到,这些挤奶女工都感染过牛痘,但都没患过天花。因为这些女工在挤牛奶时,无意间都接触过患天花的奶牛的脓浆,使她们的手上长出了小脓疱,身体也略感不适,但很快脓疱就消失了,身体也恢复正常。

琴纳从调查研究中认识到,牛痘和天花十分相似,人体中产生的抗牛痘能力也能够预防天花。根据这一推断,琴纳先在动物身上做了试验,取得了预期效果。接着,他又决定在自己的儿子身上做试验。结果,儿子接种牛痘后感染的程度很轻,很快就好了。为了证实种牛痘之后不会染上天花,琴纳又把大量的天花脓液接种到儿子身上,儿子不仅没有染上天花,连稍为不适的现象也没出现。琴纳终于成功了。

琴纳发明的种牛痘法,在当时遭到了强烈的反对,但实践反复证明这一方法是有效的,终于受到了全世界的欢迎。

[哲学启示]

实践是认识的起点,也是认识的归宿,是全部认识的基础。实践的观点是马克思主义认识论第一的和基本的观点。琴纳发明的种牛痘法治愈天花病的认识,主要来自挤奶女工感染过牛痘但都没患过天花的实践,这说明实践是认识的来源。琴纳先在动物身上做试验,后又在人体身上做多次试验,取得了预期效果,最终得出人体中产生的抗牛痘能力也能够预防天花这一认识,这说明实践是检验认识真理性的唯一标准。

毛泽东讲过,"实践出真知",说明真正的知识只有从实践中获得。在现实生活中,我们首先要坚持实践第一的观点,树立实践的应有权威,尊重实践,积极参加社会实践。

131.第一个吃西红柿的人

今天,西红柿是人们喜爱的食物。然而,西红柿原来生长在秘鲁的森林里,叫作"狼桃"。由于它艳丽诱人,人们都怕它有毒,只欣赏其美而不敢吃它。16世纪时,英国公爵俄罗达格里从南美洲带回一株西红柿苗,献给英国女皇伊丽莎白。从此,西红柿便"落户"欧洲,但仍然没有人敢吃它。当时,英国医生警告人们说,食用西红柿会带来生命危险。

1830年,美国人罗伯特从欧洲带回几棵西红柿苗,栽种在他的家乡新泽西州萨伦镇。但是,西红柿成熟之后,却一个也卖不出去,因为人们把它看作有毒果实。罗伯特不得不大胆向全镇人宣布:他将当众吃下10个西红柿,看看它究竟是不是有毒。镇上的居民都被罗伯特的"狂言"吓坏了。一个医生预言:这个古怪的人肯定会因为自己的愚蠢而命丧黄泉。

罗伯特吃西红柿的日子到了。全镇几千居民都涌到法院门口,看他如何用西红柿"自杀"。正午12点,罗伯特出现在众人面前。他身穿黑色礼服,面带微笑,缓缓走上台阶。接着,他从小筐里拿出一只红透了的西红柿,高高举起,向众人展示。待几千双眼睛验证没有假后,他便在众目睽睽之下咬了那只西红柿一口,一边嚼一边大声称赞西红柿的味道。当罗伯特咬下第二口时,有几位妇女当场晕过去了。不一会儿,10个西红柿全部被罗伯特吃完,他仍安然无恙地站在台阶上,并向大家招手致意。人们报以热烈的掌声,乐队为他奏起了凯旋曲。

罗伯特的行动证明了西红柿没有毒。于是,西红柿名声大振,在世界各地广为种植。

[哲学启示]

罗伯特这种勇敢的尝试,使人们得出"西红柿可以吃"这一认识,从此全世界开始普遍食用西红柿。这则故事说明了一个哲学道理:人类的知识都来源于实践,离不开实践。离开实践,人类就不能获得认识,科学就不能向前发展。

俗话说:实践出真知。真知就是事实,事实,需要人的实践。一个人的知识再丰富,如果缺少实践,也干不成大事业。勇于实践,善于实践,才能获得真正的知识,这是自古以来亘古不变的真理。

132. 苦难是营养

云南的气候与海南差不多,有人就将海南的椰子树移植到云南。椰子树在云南长势喜人,当地人以为这下子可以喝到新鲜的椰子汁了。然而,事实让云南人大失所望。海南的椰子树在云南只长个头,不结果。

专家对生长在云南的椰子树诊断后,发现椰子树不结果,是因为缺少一种特殊的营养。云南人说我们什么肥料都上了啊,不可能缺营养。专家笑了,说:"椰子树只有先'吃够苦',才能结出甜果子来。"云南人听了如坠云雾,这椰子树又不是人,吃什么苦啊?专家接下来的行动,更让云南人出乎意料。专家在每棵椰子树的根部,浇上了又咸又苦的盐水。第二年,云南人就喝到了当地产的椰子汁了。

原来,海南四面环海,土壤中含有盐分。椰子树是因为"吃"上又苦又咸的盐,才结出了又香又甜的椰子。云南的土壤中不含盐分,椰子树没有吃过"苦",反而颗粒无收。

[哲学启示]

云南的椰子树刚开始不长椰子,是由于没有从当地的实际出发。专家经过诊断治好了云南椰子树的"不结果",说明认识对实践具有反作用,科学理论对实践具有指导作用。

同时,这则故事也告诉人们,那些结出"果子"取得成就的人,有几个不是在苦难中长大的? 苦难是营养,一个人只有经历了苦难,才能学会坚强。

133.《昆虫记》的诞生

法国著名昆虫学家法布尔自幼爱好自然,经常观察昆虫和贝类的生活状况。他观察研究的热情,简直到了如醉如痴的地步。

为了了解昆虫的生活,他有时在野外纹丝不动地伏在地上,从太阳升起一直观察到太阳下山。他为了捕捉一只昆虫,常常跟着昆虫跳来跳去。他观察雄榭蚕蛾"求婚"的过程,花了整整三年的时间。当快要取得成果时,榭蚕蛾"新娘"却不巧被一只螳螂吞食。法布尔毫不气馁,从头再来又整整观察了三年,才得到结果。

正因为如此,法布尔写的《昆虫记》在生物学界产生了极大的影响。

[哲学启示]

辩证唯物主义认识论认为,实践是认识的来源,实践出真知。在实践基础上获得的感性材料,是实现由感性认识到理性认识的前提。正是由于法布尔多年耐心细致地观察,获得丰富的感性材料,才有了《昆虫记》这部巨著的诞生。

这则故事启示人们,要在认识世界和改造世界的活动中有所建树,就必须充分发挥主观能动性。只有充分发挥主观能动性,才能够认识事物的本质和规律。人生道路上不可能一帆风顺,成功的结果固然让我们羡慕、赞叹,但面对成功路上的坎坷与磨难,更需要人们百倍的信心和坚韧的毅力。

134. 纸上谈兵

赵奢是赵国名将,为赵国屡建战功。赵奢的儿子赵括从小读了不少兵书,谈起用兵之道简直是滔滔不绝。于是,赵括自以为是,觉得自己在军事上已经是天下无敌了。然而赵奢却不这么认为,对于儿子的夸夸其谈常常担忧地说:"日后赵国不让赵括带兵便罢,如果让他带兵打仗,那么断送赵国前程的将必是赵括无疑。"

过了几年,赵奢病逝了。这一年,秦国对赵国大举进攻,赵国派了老将廉颇率军迎敌。开始,赵军连连失利。后来廉颇改变策略,他下令让军队坚守城池,以逸待劳,从而拖垮秦军。结果秦军真的由于远道而来,经不住廉颇的拖延,粮草渐渐接济不上,快要支撑不下去了。于是秦军施展计谋,派人悄悄潜入赵国散布流言说:"秦军谁都不怕,就怕赵括担任大将。"

赵王正在为廉颇在军事上毫无进展而闷闷不乐,听到外面流传的那些说法,便撤掉廉颇,决定派赵括为大将来统帅军队。赵括的母亲记住丈夫生前的嘱咐,再三向赵王说明情况,极力劝告赵王收回成命,可是赵王哪里听得进去。

赵括一到前线,完全改变了廉颇的策略,大量撤换将官,一时间弄得军心涣散。秦军得知赵军这些情况,自然正中下怀。一天深夜,秦军派一支队伍偷袭赵营,刚一交战,便佯装败走。同时,秦军又派兵乘机切断了赵军的粮道。赵括不知实情,还以为秦军真的是败逃。他得意地想,取胜即在眼前,这正是表现自己的时候。于是他命令部队紧紧追击。结果,赵军追了一段后即被秦军伏兵拦腰截断,使赵军首尾不能相顾。然后,秦军一齐杀出,将赵军各个击破,团团围住。

赵军被秦军围困 40 多天,粮食早已吃光又没有接应,一时间军心大乱。赵括一筹莫展,满肚子的兵法也不知如何施展。眼看守下去也是活活饿死,便率军仓皇突围。可是怎敌秦军四面掩杀,哪里突得出去。结果赵括被乱箭射死,40 万赵军也全军覆没。从此赵国便一蹶不振。

[哲学启示]

辩证唯物主义认识论认为,实践决定认识,认识对实践具有反作用,科学理论对实践有指导作用。这一哲理要求人们要坚持理论和实践相结合,反对理论脱离实际的瞎指挥。

人类掌握知识的目的是在实践中发挥作用。人们只有根据复杂多变的具体条件灵活地运用知识,并通过实践进一步深化,才能使知识成为人类的宝贵财富。赵括就是因为死读兵书,不懂得如何应用而兵败身亡的。

135. 知道与做到

有一次,美国通用电气首席执行官杰克·韦尔奇应邀来中国给企业管理人员讲课。然而,听完课,很多人却感到大失所望。他们问杰克·韦尔奇:"您讲的那些内容,我们也差不多知道,可为什么我们之间的差距会那么大呢?"杰克·韦尔奇回答:"那是因为你们只是知道,而我却做到了。这就是我们的差别。"

[哲学启示]

"知道"与"做到",是认识与实践的关系。从"知道"到"做到"，需要付诸行动，需要克服种种困难。在现实生活中，有不少人把对事物的认识仅仅停留在"知道"的层面，不愿意去做或者懒得去做，等于不知道，甚至还不如不知道。可见，"做到"比"知道"要重要得多。

世界上最远的距离，是"知道"与"做到"的距离。一个人从"知道"到"做到"，是一个由预设到现实的过渡，更是一个从计划到实践的升华。

136. 疑人偷斧

从前，有个人丢了一把斧子。他怀疑是邻居家的孩子偷的，就暗暗地注意那个孩子。他看那个孩子走路的姿势，像是偷了斧子的样子；他观察那个孩子的神色，也像是偷了斧子的样子；他听那个孩子说话的语气，更像是偷了斧子的样子。总之，在他的眼里，那个孩子的一举一动都像是偷斧子的人。

疑人偷斧

过了几天,他在刨土坑的时候,找到了那把斧子。原来是他自己遗忘在土坑里了。从此以后,他再看邻居家那个孩子,一举一动丝毫也不像偷了斧子的样子了。

[哲学启示]

邻居家孩子的言语举止并没有变化,但在丢斧人眼里却前后判若两人,这表明成见是人们形成正确认识的大敌。准确的判断来源于对客观事实的调查研究,而不是主观的猜想。

这则寓言故事告诉我们,遇到问题要调查研究,再作出判断,绝对不能毫无根据地瞎猜疑。疑神疑鬼地瞎猜疑,往往会产生错觉,难免会造成识人的错误与偏差。从辩证唯物主义认识论的角度看,我们要坚持唯物主义反映论,反对唯心主义先验论。

137. 黔驴技穷

古时黔地没有驴子,有个喜欢多事的人用船运载了一头驴进入黔地。运到后却没有什么用处,便把它放置在山下。老虎见到它,就把它当作神,藏在树林里偷偷看它。观察了几天,老虎渐渐地走出来接近它,小心谨慎,不知道它是个什么东西。

一天,驴子一声长鸣,老虎非常害怕,逃到远处,十分恐惧,认为驴子要咬自己。然而老虎来来往往地观察它,觉得驴子没有什么特别的本领。渐渐地习惯了它的叫声,又靠近它前前后后地走动,但老虎始终不敢和驴子搏击。又过了一段时间,老虎见驴子没有什么动静,于是态度更为随便,碰擦倚靠、冲撞冒犯驴子。驴子发怒了,用蹄子踢老虎。老虎因此而感到欣喜,心想:"驴子的本领只不过如此罢了!"于是跳跃起来,大声吼叫,咬断驴的喉咙,吃完了它的肉,才离去。

黔驴技穷

[哲学启示]

这则成语多用于讽刺一些虚有其表、外强中干、无德无才的人。其哲学寓意是要透过现象看本质。有的貌似强大的东西并不可怕,只要敢于斗争、善于斗争,就一定能战而胜之。

这则故事同时也告诉人们,没有真才实学,就难以真正在社会上立足。古人把求学与成才比作植树,春天肯为树木松土浇水施肥,秋天才能获得丰收的果实。可见,一个人只有勤奋努力,刻苦用功,不断进步,才能真正成才。

138. 对联人生

宋朝的苏东坡,年轻时就已是知识渊博、人见人夸的青年才俊。日子一久,难免自满起来。一天,苏东坡在书房门上贴了一副对联:"识遍天下字,读尽人间书。"

苏东坡的父亲苏洵看了,担心儿子骄傲自大,不知求进,又怕撕下对联伤了儿子的自尊心,于是提笔在对联上各加了两个字:"发愤识遍天下字,立志读尽人间书。"

苏东坡回来,望见父亲的字,心中十分惭愧。从此虚心学习,从而取得了非凡的成就。

[哲学启示]

这则故事告诉人们,学习知识永无止境,决不能轻易言满。这是因为,世界是无限变化发展的,人的认识也是在实践的基础上不断深化、扩展、向前推移的。

这则故事还启示人们,学如逆水行舟,不进则退。人就向一棵成长的树木,而知识则是其营养液,这些营养液补充着树木的需要,充实自己的肌体。在当今日新月异的社会发展过程中,我们只有学习、学习、再学习,活到老、学到老、改造到老,才能跟上时代前进的步伐。

139. 别急着站起来

一个旅行者在行进的途中,突然决定改变原来选定的路线,抄近道前往目的地。

没想到,在穿越那片看似很平坦的草地时,他没走几步,腿被什么东西猛地绊了一下,摔了个跟头。他没太在意,从草地上爬起来,揉了揉有点儿疼痛的膝盖,继续前行。但没走出几十米,他又结结实实地跌了一跤。这一回,他没有急着站起来,而是躺在那里,一边揉着受伤的腿,一边仔细打量着脚下的草地。原来,绊倒他的是一个草环。那是一种丛生的植物用疯长的、极柔韧的枝蔓编织的一个很隐蔽的草环。在他跌倒的周围有很多这样的草环,行人稍不留意,就能绊一个跟头。待他坐起来,将目光再往前一延伸，不由得大吃一惊——前方不远处，掩蔽在繁花绿草间的，竟是一片可怕的沼泽。

当他转到另一条安全的路上时，他仍在庆幸刚才跌的那个跟头，更庆幸自己没有像第一次那样急于爬起来赶路，而是细心地查清了让自己跌倒的原因，还认真地打量了自己原本自信的道路……事后，他听说，那片隐蔽在草地深处的沼泽，不久前还吞噬了两个粗心的过路人呢，不由得心有余悸。

[哲学启示]

辩证唯物主义认识论认为，实践是认识的来源，实践决定认识，认识对实践具有反作用，正确的认识对实践有指导作用。一个人只知道跌倒后爬起来是远远不够的，是什么东西让你跌倒的？是什么原因导致你摔了跟头？总结一下自己跌倒的原因，掌握一些避免跌倒的经验，才能避免跌更大的跟头，使自己未来的路走得更稳一些。

跌倒了，别急着站起来，总结一些良好的经验，远比我们马上不假思索地爬起来有用得多。

140.被嘲讽出来的诺贝尔奖获得者

1871 年 5 月 6 日，维克多·格林尼亚出生在法国瑟尔堡的一个有名望的家庭。他的父亲经营一家船舶制造厂，有着万贯家财。在他青少年时代，由于家境优裕，加上父母的溺爱和娇生惯养，他在瑟尔堡整天游荡，盛气凌人。他没有理想，没有志气，根本不把学业放在心上，整天梦想能当上一位王公贵人。由于他长相英俊，当地年轻美貌的姑娘都愿意和他谈情说爱。也就在这时，他受到了沉重的一击。

一次午宴,刚从巴黎来瑟尔堡的波多丽女伯爵竟然毫不客气地对他说:"请站远一点。我最讨厌被你这样的花花公子挡住我的视线!"这句话,如同针尖一般刺痛了他的心。他猛然醒悟了,开始悔恨过去,反省自我,产生了羞愧和苦涩之感。从此,他发奋学习,发誓要追回过去浪费掉的时光。当他21岁时,他离开了家庭,并留下一封信,上面写道:"请不要寻找我的下落,容我刻苦努力地学习,我相信自己将来一定会创造出一些成就来的。"

他来到里昂,拜路易·波韦尔为师,经过两年刻苦学习,终于补上了过去所开设的全部课程,进入里昂大学插班就读。在大学期间,他刻苦学习的态度赢得了有机化学的权威菲利普·巴尔的器重。在巴尔的指导下,他把老师所有著名的化学实验重新做了一遍,并准确地纠正了巴尔的一些错误和疏忽之处。终于,在这些大量的平凡实验中,格氏试剂诞生了。

格林尼亚一旦打开了科学的大门,他的科学成果就像泉水般地涌现出来。基于他的伟大贡献,瑞典皇家科学院授予他1912年度诺贝尔化学奖。此时,他突然收到波多丽女伯爵的贺信,信中只有寥寥一语:"我永远敬爱你!"

[哲学启示]

辩证唯物主义认识论认为,实践决定认识,认识对实践具有反作用。正确的认识对实践有积极的促进作用,错误的认识则起消极的阻碍作用。故事中的格林尼亚在青少年时期,由于受错误认识的驱使,成为一名花花公子。当他受到波多丽女伯爵沉重一击后,在正确的认识指导下,发奋学习,打开了科学的大门,研究发明了格氏试剂,从而获得了诺贝尔化学奖。

141. 石狮子翻"跟头"

河北沧州城南,有一座靠近河岸的寺庙。有一年发大水,寺庙的山门经不住洪水的冲刷,倒塌了。一对石狮子也跟着滚到河里去了。

过了十几年,寺庙的和尚想重修山门,要把那一对石狮子打捞上来。可是,隔了这么长时间,到哪里去找呢?开始,人们在山门附近的河里打捞,没有找到。大家又推测,准是让河水冲到下游去了。于是,出动了几只小船,拖着铁耙,像篦头发似的,从上到下,从左到右,找了十几里路,还是没找到。

附近一位教书的老先生听说了,走来对打捞的人说:"石狮坚固而沉重,河沙疏松而轻浮,石狮湮于泥沙之中,只会越沉越深,你们反到下游去找,岂不枉费了功夫!"大家听了老先生的话,觉得在理,就准备动手在山门倒塌的地方挖掘。

正在这时,一位看河守堤的老河工走过来,说:"凡河中失石,当求之于上游。"老先生一听,连连摇头,嘴里说着"荒唐,实在荒唐",悻悻地走了。大家对老河工的话也只觉得好笑,没有一个人理睬他。

倔强的老河工,像是受到很大的屈辱,他只身一人撑船下河。只用了一顿饭的工夫,在石狮沉没的上游方向找到了石狮子。这可出乎大家的意料。水往下流,一个石狮有几千斤重,自己又没长腿,怎么会跑到上游去呢?大家围住老河工,要他讲讲,他怎么知道石狮子会往上游跑呢?

老河工说:"石狮坚固沉重,河沙松散轻浮。从上游下来的水冲不动石狮,叫石狮一挡,又窝回头,向两边冲去。这样一来,石狮下面的沙子就不断被卷走一些,慢慢地在石狮下面冲出一个坑,越冲越大,石狮失去了平衡,在原地方待不住了,就倒转在坑里。流水又冲石狮下面的沙子,到时候石狮在原地方又待不住了,就再倒转一次。就这样天长日久,石狮子就像翻跟头一样,一下一下翻到上游去了。"

[哲学启示]

人们在实践中直接同客观事物相接触,客观事物的现象和外部联系通过人的感觉器官输入到人的头脑中而直接形成的认识,就是感性认识。人们在实践中不断获得感性认识,经过分析和综合,深入认识事物的本质和事物的内部联系,就是理性认识。

故事中老河工关于"凡河中失石,当求之于上游"的理性认识,依赖他在实践中所获得的关于石头、泥沙、流水及其三者运动的相互关系的感性认识。这则故事启示人们,要探求真理,必须积极参加社会实践活动。

142.两小儿辩日

孔子到东方游学,见到一胖一瘦两个小儿在辩论,就过去问他们在争辩什么。胖小儿说:"我认为太阳刚出来的时候距人近,而到中午的时候离人远。"瘦小儿说:"太阳刚出来的时候远,而到中午的时候近。"胖小儿说:"太阳刚出来的时候像马车的车轮那么大,等到中午,就像盘子一样大,这不就是远的看起来小而近的看起来大吗?"瘦小儿说:"太阳刚出来的时候很凉爽,等到了中午的时候感觉就像手伸入到热水里似的,这不就是越近感觉越热、越远感觉越凉爽吗?"

接着,两个小儿一起拜请孔子说:"您这么大年纪了,比我俩懂得多。请您说说,我俩谁说的对!"孔子一时间愣住了,也无法判断谁对谁错。

两小儿辩日

[哲学启示]

故事中的胖小儿通过眼睛获得关于太阳远近的认识,瘦小儿通过皮肤获得关于太阳远近的认识,都只是认识到太阳的现象,属于感性认识。博学多才的孔子面对两小儿的辩日之说无法裁定,就在于古时人们还未能由太阳远近的感性认识上升到理性认识。

这则故事通过描写两个小孩争辩太阳在早晨和中午距离人们远近的问题,反映出我国古人对自然现象的探求和独立思考、大胆质疑、追求真知的可贵精神。同时也说明了世间有着无穷无尽的知识,再博学的人也会有所不知。因而,学无止境。

143. 慧眼识"汞"

俄国画家丘罗夫听说俄罗斯阿尔泰地区卡顿山脉里有一个奇怪的"魔谷","魔谷"中镶嵌着一个明镜般的湖泊,那里风景奇丽,却住着"魔鬼"。丘罗夫不信鬼邪,决心前去一探究竟。当他走到离湖边400米左右的地方,便感到恶心流涎,目眩胸闷,呼吸闭塞。他深知不妙,便以高超的技艺匆匆画下了见到的景象。这幅冒着生命危险画下的图画,中心是灰蓝色的湖面,湖旁矗立着白雪皑皑的陡峰,一条冰川直贯山脚。山脚下散落着红色的石块。湖中升起一缕蓝色的烟柱,画中没有生物。这是多么奇怪的一幅画啊!

一天,地质学家瓦尔霍夫拜访丘罗夫,见到这幅画,引起了他极大兴趣。凭着丰富的想象力和地质、矿物学知识,他猜想所谓魔鬼湖一定是汞在作怪,那红色的石块便是辰砂矿石。这种红色的矿物,在地球内部热力的作用下会发生分解,并分解出单质汞。汞是一种在常温下为液态的金属,因此这些汞便会向低处汇集,形成一个蓝色的汞湖。汞又是一种极易蒸发的金属,当日光照到汞湖时,汞蒸发形成蓝色的烟柱,并使触及这种气体的动植物中毒、死亡,因而湖周围鸟兽不栖,寸草不长。也正是这个原因,好奇的游客常常不能生还。

为了证实自己的想法,瓦尔霍夫便同助手和向导带了防毒面具,进入卡顿山区,找到了那个神秘的魔鬼湖。果然这里辰砂矿石遍布,湖中储积着许多天然水银,是一个相当有开采价值的汞矿产地。

[哲学启示]

辩证唯物主义认识论认为,理性认识依赖于感性认识,感性认识有待于上升到理性认识。同时,感性认识中渗透着理性认识,不存在脱离理性认识的纯粹感性认识。当人们从事观察活动的时候,实际上都自觉或不自觉地戴上一副由不同的理性认识制作的"眼镜",总是要渗透一定的理性因素的。地质学家瓦尔霍夫是从地质学的角度来观察这幅写生画的,在观览、欣赏奇特写生画中的景色时,渗透着奇特景色与地质结构的相互关系的理性认识,因而才在这幅画中发现画外的汞矿产地。

144.第一印象识人

心理学家曾做过一个实验:给两组大学生看同一个人的同一张照片。在看这张照片之前,对第一组大学生说,照片上的人是一位屡教不改的罪犯;对第二组大学生说,照片上的人是一位知识渊博的学者。然后,让这两组大学生分别从这个人的外貌中说明他的性格特征。

结果出来了,两组学生的解释截然不同。第一组大学生说:这个人怎么看也不是个好人,你看他深沉的目光里隐藏着险恶,突出的下巴表现他死不悔改的决心。第二组大学生说:这人一看就有学问,深沉的目光表明他思想的深刻性,突出的下巴表明他在科学道路上勇于攀登的坚强意志。

[哲学启示]

辩证唯物主义认识论认为,感性认识是认识的初级阶段,理性认识是认识的高级阶段。理性认识依赖于感性认识,感性认识有待于上升到理性认识。

这个实验告诉人们,在人与人的交往中,第一次见面给人留下的印象是多么重要。在现实生活或工作中,人们对他人的认识是逐渐形成的。刚开始是观察到他人的表面印象,对这个人有一个简单的认识,在哲学上称为感性认识。然后对获得的表面印象进行分析、综合,最终认识到他人的真实性情及性格特征,在哲学上称之为理性认识。

145. 乔丹卖衣服

小男孩十三岁那年,有一天,父亲突然递给他一件旧衣服。"这件衣服能值多少钱?""大概一美元",他回答。"你能将它卖到二美元吗?"父亲用探询的目光看着他。他点了点头:"我可以试一试,但是不一定能卖掉。"他很小心地把衣服洗净,没有熨斗,他就用刷子把衣服刷平,铺在一块平板上阴干。第二天,他带着这件衣服来到一个人流密集的地铁站,经过六个多小时的叫卖,他终于卖出了这件衣服。

过了十多天,父亲突然又递给他一件旧衣服:"你想想,这件衣服怎样才能卖到二十美元?""怎么可能? 这件旧衣服至多值二美元。""你为什么不试一试呢?"父亲启发他,"好好想想,总会有办法的。"终于,他想到了一个好办法。他请自己学画画的表哥在衣服上画了一只可爱的唐老鸭与一只顽皮的米老鼠。他选择在一个贵族子弟学校的门口叫卖。不一会儿,一个管家为他的小少爷买下了这件衣服,那个十来岁的孩子十分喜爱衣服上的图案,一高兴,又给了他五美元的小费。二十五美元,这无疑是一笔巨款,相当于他父亲一个月的工资。

回到家后,父亲又递给他一件旧衣服:"你能把它卖到二百美元吗?"父亲目光深邃。这一回,他没有犹疑,他沉静地接过了衣服,开始了思索。两个月后,机会终于来了。当红电影《霹雳娇娃》的女主角拉佛西来到纽约做宣传。记者招待会结束后,他猛地推开身边的保安,扑到了拉佛西身边,举着旧衣服请她签名。拉佛西先是一愣,但是马上就笑了,没有人会拒绝一个纯真的孩子。拉佛西流畅地签完名。他笑着说:"拉佛西女士,我能把这件衣服卖掉吗?""当然,这是你的衣服,怎么处理完全是你的自由!"他"哈"的一声欢呼起来："拉佛西小姐亲笔签名的运动衫,售价二百美元!"经过现场竞价,一名石油商人以一千二百美元的高价买了这件运动衫。

回到家里,一家人狂欢起来。这个晚上,父亲与他抵足而眠。父亲问:"孩子,从卖这三件衣服中,你又明白了什么?""我明白了。您是在启发我,只要开动脑筋,办法总是会有的。"父亲点了点头,又摇了摇头:"你说得不错,但这不是我的初衷。我只是想告诉你,一件只值一美元的旧衣服,都有办法高贵起来。何况我们这些活着的人呢?我们有什么理由对生活丧失信心呢?我们只不过黑一点、穷一点,可这又有什么关系呢?"

二十年后,他的名字传遍了世界的每一个角落。他的名字叫——迈克尔·乔丹。

[哲学启示]

这则故事告诉人们,只有在实践中充分发挥主观能动作用,才能正确地认识世界和成功地改造世界。人的一生必然会遇到种种困难、挫折甚至失败,只有发挥主观能动性,以坚强的意志和毅力,保持充满活力的精神状态,才能坚持不懈去夺取胜利。因此,做人首先要有自信,再加上积极开动脑筋,即使是不可能的事情也会变成可能。奇迹是存在的,只是看你愿不愿意去做。

146. 借 1 还 10

在一次考试中,一个男生的语文得了 59 分。他找到老师说:"老师,您能再给我的作文加 1 分吗?就 1 分,求您了!"

老师说:"作文绝对不能加分,但是,我可以借给你 1 分,给你把总分改成 60 分。不过你可要想好啊,这 1 分不能白借,要还利息的,借 1 还 10,下次考试我要扣掉你 10 分,怎么样? 要是你觉得不划算就不要借了。"

这个男生咬了咬牙说:"我借。"结果,在又一次考试中,他语文得了 91 分,扣掉 10 分,净得 81 分。

[**哲学启示**]

在这则故事中,这位老师通过借 1 还 10 的方法,既满足了学生的"及格"希望,又培养了学生的责任心。让我们为这位老师点赞!

这件事也告诉人们,在中小学教育教学中,通过为学生制订学习目标,充分调动学生的主观能动性,是提高待转化生学习成绩的有效方法之一。

勇于求索真理

　　真理是标志主观同客观相符合的哲学范畴,是人们对客观事物及其规律的正确反映。真理最基本的属性是客观性。任何真理都是主观与客观、理论与实践的具体的历史的统一。

　　人类追求真理的过程并不是一帆风顺的,在人们探索真理的过程中,错误总是难免的。犯错误并不可怕,可怕的是不能正确认识和改正错误。

　　认识具有反复性、无限性、上升性,因而真理永远不会停止前进的步伐,追求真理是一个永无止境的过程,它在发展中不断地超越自身。与时俱进,开拓创新,在实践中认识和发现真理,在实践中检验和发展真理,是我们不懈的追求和永恒的使命。

147. 画鬼最容易

战国时期,有位画师给齐王画画。齐王问他:"你认为什么最难画?"画师说:"画狗、画马之类最难。"齐王又问:"那画什么最容易呢?"画师回答说:"画妖魔鬼怪之类最容易。"

齐王不解地说:"为什么?"画师说:"狗和马,人人熟悉,天天看见,所以稍有一点不像人们都能看出来。而鬼是无形的东西,谁也没见过,随便你怎么画,人们也不能说画得像或不像。所以说画狗、画马最难,画鬼最容易。"

[哲学启示]

画家笔下的狗、马等形象,作为同客观事物本质上相一致的艺术创作,是真理性认识的一个表现,而人们虚构的妖魔鬼怪观念则属于谬误性的认识。

这则故事启示人们:真理是客观的,真理的根本属性在于它的客观性。人们要坚持真理,修正谬误,不断取得更大进步。坚持真理,需要智慧,需要信念,需要勇气,需要科学的精神,需要实事求是的态度。

148. 三角形内角之和

三角形内角之和等于180°,这是古希腊数学家欧几里得提出的定理。在此之后的两千多年里,人们一直把它当作任何条件下都适用的真理。随着航海事业的发展和人们对于球面认识的不断深入,这一定理的局限性逐渐暴露出来。

19 世纪初,俄国数学家罗巴切夫斯基提出:在凹曲面上,三角形内角之和小于180°。随后,德国数学家黎曼提出:在球形凸面上,三角形内角之和大于180°。由此,人们关于空间的观念发生了革命性的转变。

[哲学启示]

辩证唯物主义认识论认为,真理是客观的,又是具体的有条件的。任何真理都是在一定时间内、一定条件下的真理,没有放之四海而皆准的真理。

航海事业的实践发展使得人们认识到,海面不仅有平面,还有凹面和凸面。这就促使人们进一步思考,在凹面和凸面上的三角形内角之和是否也等于180°呢?从而促进了对欧几里得定理的发展。罗巴切夫斯基和黎曼的发现,并没有否认欧几里得定理的真理性,但却证明了真理都有自己的适用条件和范围。

149. 牛顿力学"永恒定律"的神话被打破

在牛顿经典力学问世后的二百多年时间里,许多科学家认为,整个宇宙都要服从这一"永恒定律"。

20世纪初,爱因斯坦发现牛顿的运动定律只有在宏观低速的情况下才是正确的,一旦进入宏观高速运动领域,它就不再适用了,必须让位于相对论力学。在随后的十几年中,玻尔、海森堡等一些年轻学者,又发现在微观领域内,牛顿定律必须让位于量子力学。

[哲学启示]

整个宇宙都要服从牛顿力学的"永恒定律"的神话被打破,说明真理具有客观性、条件性、具体性,任何真理都有自己适用的条件和范围,任何真理都是相对于特定的过程来说的,都是主观与客观、理论与实践的具体的历史的统一。

同时,这则故事也说明人的认识是不断变化发展的。认识没有终点,科学没有顶峰。志在攀登科学顶峰的人,切莫把彩虹当作梯子,更不要留恋半山腰的奇花异草而停止攀登的步伐。

150. 苹果的味道

著名哲学家苏格拉底的学生向他请教:怎样才能坚持真理?笑容可掬的苏格拉底让大家坐下来,随后取出一个苹果。他用手指捏着,慢慢地从每个学生的座位旁边走过,一边走一边说:"请大家集中精力,注意嗅一嗅空气中的气味。"

然后,他回到讲台上,把苹果举起来左右晃了晃,问:"哪位闻到了苹果的气味儿?"有一个学生举手回答:"我闻到了,是香味!"

苏格拉底再次走下讲台,举着苹果,慢慢地从每一个学生的座位旁边走过,边走边叮嘱:"请大家务必集中精力,仔细嗅一嗅空气中的气味。"稍停,苏格拉底第三次从讲台走到学生们中间,让每一个学生再嗅一嗅苹果的气味。经过三次"嗅一嗅"之后,除一个学生外,其他学生都举起了手,都说闻到了苹果的香味。

那位没举手的学生叫柏拉图,他环顾周围看了看,然后慢慢地对老师说:"老师,我什么味道也没有闻到。"大家对柏拉图的回答都很奇怪,因为他们都闻到了苹果的香味。可是,苏格拉底却告诉大家,只有柏拉图是对的。接着,苏格拉底把那个苹果交给学生传看,大家才发现,这竟然是一个用蜡做成的苹果。

[哲学启示]
苏格拉底用让学生嗅苹果的方法,检验谁敢说真话,不说假

话。令人感悟到,无论在什么情况下都要坚持真理。

同时,这则故事也启示人们:任何时候都要用自己的大脑去思考,只有这样才能获得真正的知识。思考是人区别于动物的最重要的特征。只有爱思考的人,才会有所成就。柏拉图就是一个敢于怀疑老师、独立思考的人,所以他成了继苏格拉底之后又一位伟大的哲学家。

151. 吾爱吾师,吾更爱真理

古希腊著名哲学家亚里士多德,被马克思称为"古代最伟大的思想家",被恩格斯称为"古希腊哲学家中最博学的人物"。亚里士多德一生勤奋钻研,学识渊博,著书数百卷,在多个领域都取得了巨大成就。

亚里士多德打十七岁起就跟随著名的哲学家柏拉图学习,时间长达二十年之久。对亚里士多德来说,柏拉图不但是他最崇敬的恩师还是他的挚友,正所谓:"良师益友"。他曾作诗这样赞美过柏拉图:"在众人之中,他也是唯一的,也是最初的……这样的人啊,如今无处寻觅!"

然而,在探究真理的道路上,亚里士多德表现出极大的勇气,他不畏权威,不畏传统,毫不掩饰他在哲学思想的内容和方法上与老师所存在严重的分歧。虽然他很尊重他的老师,但他不为感情所困,坚持真理,毫不留情地批评自己恩师的错误。这很自然引来一些人的指责:亚里士多德是背叛自己恩师的忘恩负义之徒。亚里士多德对此回敬了响彻历史长河的一句名言:"吾爱吾师,吾更爱真理!"

[哲学启示]

亚里士多德不仅给后人留下了丰厚的学术遗产,他的这种"吾更爱真理"的求真精神更是广为传颂,鼓励千千万万的后人为真理而执着,为真理而奋斗。

故事中的亚里士多德选择了真理。其实,是他对真理的挚爱,更是对老师的进一步尊敬。"真理的蜡烛常常会烧伤那些举烛人的手。"即使如此,我们仍然要做一个"吾爱吾师,吾更爱真理"的人。

152. 评委的"圈套"

日本著名音乐指挥家小泽征尔年轻时,有一次去欧洲参加音乐指挥家大赛。决赛时,他被安排在最后一位。小泽征尔拿到评委交给的乐谱后,稍微准备,便全神贯注地指挥起来。突然,他发现乐曲中出现了一点不和谐。于是,他便报告乐谱有问题。可是,在场的作曲家和评委会的权威人士都郑重声明:乐谱不会有问题,是他的错觉。

面对几百名国际音乐界的权威人士,小泽征尔对自己的判断产生了犹豫,甚至动摇。但是,他考虑再三,坚信自己的判断是正确的。于是,他斩钉截铁地大声说:"不! 一定是乐谱错了!"

语音刚落,评委席上的那些评委们立即站了起来,向小泽征尔报以热烈的掌声,祝贺他大奖夺魁。原来这是评委们存心设下的一个圈套,以测试指挥家们在发现错误而权威人士"否定"的情况下,是否能坚持自己的正确判断。因为,在评委们看来,只有具备坚持真理不惧权威这种素质的人,才能真正称得上世界一流的音乐指挥家。当时在三名选手中,只有小泽征尔以客观真实的判断大胆地否定了权威的判断,加上他个人优秀的指挥才能,所以他最终获得了那次世界音乐指挥家大奖。

[**哲学启示**]

小泽征尔不畏权威、坚持真理的故事告诉我们,无论在什么情况下,我们都应该服从真理,坚持真理,捍卫真理。我们应该向小泽征尔学习,做一个捍卫真理的勇士。

相信自己,这是避免盲从的良药;坚持真理,这是开启成功的钥匙。真理需要坚持,真理需要坚守。坚持不易,坚守更难。敢于坚持,你会获得应有的回报。

153. 骗子行径

一个人走在路上,迎面过来一个陌生人。陌生人就如一般的骗子那样,从怀里拿出一个形状古怪色彩破旧的东西给他看。口中说:这个古董,至少值二千元,因来此地做生意被骗了,想用它抵押二百元回家的路费。见他犹豫,陌生人又补充说:在你之前我问过九个人,都以为我是骗子,你肯帮助我吗?

他那天心情不错,想做个测试,或者做个傻瓜。他说:古董我不懂,我就借你二百元好了,你日后还我。事后周围的人都笑他白白把钱送了骗子,没想到一个多月后,陌生人将钱送还给了他。正当他热心为"骗子"平反之时,陌生人又找上门来,这次带了一大堆古董字画。陌生人说,他将去遥远的地方闯荡,也许一时半会儿回不来,也许永远都回不来。家中没别的人,这批祖传的宝贝想转让给一个信得过的人。他问总共价值多少,答曰至少三十万。他笑说,我总共三万存款。对方说那就三万。他心中暗暗叫苦,原来是个大骗子!

陌生人走了,他不怀多大希望地请来行家做鉴定。结果是,那堆宝贝的价值远远不止三十万。

[**哲学启示**]

这则故事告诉人们,当我们遇到貌似假象的真相时,一定要认真地学会思索,要善于透过事物表面现象看到其内在的本质。

同时故事也启示人们,人与人之间要多一分信任,多一分关怀,多一分帮助。一个人真诚地帮助了别人,有时能获得意想不到的收获。

154. 伪辩

在法庭上,一个人被控谋杀。所有的证据已足够将其定罪,只是一直没有找到死者的尸体。

在审判快要结束时,被告的律师知道他的委托人已经获释无望,但是仍不死心。于是他说:"法官大人,在座的每一位女士、先生们,接下来的事情将会让你们大吃一惊。"律师看了下手表:"你们认为的那个'受害人'将在一分钟内走进法庭",说完他把目光投向法庭门口。

陪审员们都信以为真,侧过头看着入口。然而一分钟过去了,什么也没有发生。这个时候,律师又说道:"其实,刚才我所说的只是一个虚构,但是所有的陪审员都怀着预期的心态看着法庭大门。这说明,你们每个人对本案中是否有人被杀持怀疑的态度。因此,我坚持提出对被告做无罪判决。"

法官让陪审团下去商议后做出决定。几分钟后,陪审员们返回法庭,宣布了他们商议后的结果——被告有罪。"为什么会是这样?"被告的律师质问:"我看见所有的陪审员都盯着门口,你们都存在着疑虑。""哦,是的。"陪审团主席最后说,"我们都看着门口,但是,你的委托人没有。"

[**哲学启示**]

事实胜于雄辩。实践是检验认识真理性的唯一标准。惟妙惟肖的伪装掩盖不住事实的真相,精心策划的骗局终有露出破绽之时。

所谓真相,是指与事物本质现象相符合的现象。所谓假象,是指与事物本质不相符合的表面现象。在现实生活中,假象有时候貌似真相,具有很大的迷惑性。由此可见,当遇到那些貌似真相的假象时,一定要认真思索、调查和分析,要善于透过事物表面现象看到其内在的本质。

155. 铁匠的儿子学艺

春秋时期,楚国都城里有一个铁匠,他的手艺精湛,无论是打造的兵器,还是制作的农具,都供不应求。看到自己的手艺这么受欢迎,铁匠便让儿子跟自己学打铁。对于自己的儿子,铁匠毫无保留,几十年的经验和盘托出。而且,为了让儿子学得更快,少走弯路,铁匠几乎是手把手地教儿子如何炼铁,又如何打磨成型。在父子俩的齐心合力下,打造出的每一件铁器都很精美。

流光飞转,儿子很快成年。老铁匠便打算让儿子在都城里再开一家铁匠铺,去独立谋生。可他怎么也没有想到,儿子的铁匠铺开业没多久,非但没有生意兴隆,反而受到很多人指责,原来是他的儿子打造出来的铁器常会有一些瑕疵。无奈,儿子的铁匠铺只好半途夭折。

对此,铁匠心有疑惑,他教得毫无保留,儿子学得也是努力刻苦,怎么会没有学成呢? 于是铁匠便找孔子解惑。孔子听了铁匠的疑惑,便问他:"你可是一直手把手地教他打铁?"铁匠点头。

"在你手把手地指点下,他是不是一次都没有出过错?"孔子又问。铁匠又点了点头。

孔子捻须而笑,说:"问题就出在没有出过错上,你总是手把手教他如何把铁器打好,一点出错的机会都不留给他,他怎能学得精?"

[哲学启示]

铁匠不想让儿子走弯路,反而让儿子走了个大弯路。这则故事告诉人们,要想学好一门技术,需要成功的经验,也离不开犯错的教训。

谁都希望做个永远不犯错的人,但这恐怕只是一厢情愿。只要干事业,错误有时难以避免。为什么会犯错误呢?从主观来说,有认识能力和水平不够所致的问题,有工作经验不足的问题,也有世界观、人生观、价值观的问题。从客观来说,有时事物和矛盾过于复杂,规律深藏表象之中,确实难以把握。有的是新生事物,无经验和规律可循,只能在不断失败和犯错误中探索。

总体上看,犯错误本身其实也是实践的过程,是主观世界适应客观世界或改造客观世界的过程。辩证看待犯错误,既不被犯错误捆住手脚,又减少失误,少犯或不犯错误,尤其避免犯"不可挽回的错误"。如此,我们才能走得更稳,行得更远。

156. 角度决定视野

楚庄王想去攻打陈国,派人到陈国侦察。使者回来说:"陈国城墙筑得高,护城河挖得深,积蓄的财粮很多,军官待遇优厚。"此时有一位重臣站出来进一步解释说:"城高河深,说明易守难攻;财粮很多,说明国富民强;军官待遇优厚,说明他们很投入战备装配。

我们若贸然进攻,胜算不大!"重臣话落,大臣们颔首称是。

这时宁国站出来发话:"我认为讨伐陈国,现在正是良机。"此话一说,楚庄王和众大臣皆惊讶。宁国说:"陈国是个小国家,人疏地少,却财粮积蓄很多,可见赋税沉重,君主一定会失去百姓拥戴;城墙和护城河的修建,让百姓力气衰竭,已经触发民愤,我们若强硬攻击,百姓有可能助我们一臂之力;由于陈国钱财集中于军队装备,军队内部极易腐败泛滥,军官生活奢侈糜烂,失去战斗的凝聚力。所以,现在攻打陈国难道不是最佳时机吗?"

听了宁国一番分析,楚庄王决定派军队去攻打陈国。不出所料,楚国军队刚压境,百姓夹道欢迎,当官的弃城逃命,士兵主动打开城门,不动一兵一卒,陈国被攻下。

[哲学启示]

同样的问题,重臣和宁国却做出了不同的判断。由于看问题的角度不同,形成的结果也就不同。这说明换一个角度,让视野开阔,才能统揽全局。这则故事告诉人们,看问题、办事情要全面,透过现象看本质;遇到事情要多角度地考虑,才能找到解决问题的正确方法。

高度决定视野,角度改变观念,尺度把握人生。高度、角度和尺度三者紧密联系,相辅相成。站好高度,前途无量;换个角度,海阔天空;把握尺度,循规蹈矩。祝愿诸君在人生的历程上"欲穷千里目,更上一层楼"!

157. 真理的味道非常甜

一天,一个小伙子在家里奋笔疾书,妈妈在外面喊着说:"你吃粽子要加红糖水,吃了吗?"他说:"吃了吃了,甜极了。"结果妈妈进门一看,这个小伙子埋头书写,嘴上全是墨汁。他旁边的一碗红糖水没喝,倒把那个墨汁给喝了,但是他浑然不觉,还说:"可甜了可甜了。"

真理的味道非常甜

这人是谁呢? 就是中国共产党早期创始人之一的陈望道,他当时在浙江义乌的家里,正在翻译《共产党宣言》这本书。由此就得出了一句话:真理的味道非常甜。

[哲学启示]

陈望道翻译《共产党宣言》时,正值中国共产党筹建时期,全国各地的共产主义小组纷纷成立。《共产党宣言》中文译本出版后,受到我国工人阶级和先进知识分子的热烈欢迎。从此,这本只有二万八千多个汉字的小册子,成为中国共产党创造革命信仰的思想起点。

158. 妙说诡辩

在哲学课上,学生们向苏格拉底请教:"老师,能不能用实例说明一下究竟什么叫诡辩?"苏格拉底稍作考虑,然后说:"有两个人到我这里来做客,一个人很干净,一个人很脏。我请这两个人洗澡,你们想想,他们两个人谁会先去洗澡?""那还用说,当然是那个脏人。"一个学生脱口而出。"不对,是干净人。"苏格拉底反驳道,"因为干净人养成了洗澡的习惯,脏人却认为洗不洗澡无所谓。"

"再想想看,究竟是谁会先去洗澡呢?""是干净人。"两个学生接着说。"不对,是脏人。因为脏人比干净人更需要洗澡。"苏格拉底又反驳道。

然后苏格拉底再次问道:"如此看来,两个客人中究竟谁会先去洗澡呢?""脏人!"三个学生重复了第一次的回答。"又错了。当然是两个都洗了。"苏格拉底说,"干净人有洗澡的习惯,而脏人需要洗澡。"

"怎么样,到底谁会先去洗澡呢?""那看来是两个人都洗了。"四个学生犹豫不决地回答。"不对,两个人都没洗。"苏格拉底解释说,"因为脏人没有洗澡的习惯,而干净人不需要洗澡。"

"老师说得都有道理,但是我们究竟该怎样理解呢?"学生们不满地说,"你讲的每次都不一样,而又总是对的!"苏格拉底说:"这就是诡辩。"

[哲学启示]

诡辩从外表上、形式上好像是运用了正确的推理手段,实际上违反了逻辑规律,得出了似是而非的结论。玩弄诡辩术的人,表面看似乎能言善辩,道理很多。他们在讲话时或写文章中往往滔滔不绝,振振有词。他们论证每一个问题,也总是拿出许多"根据"和"理由"来,但是,这些"根据"和"理由"都是不能成立的。他们诡辩的目的是为自己荒谬的理论和行为做辩护。

践行正确价值观

　　哲学意义上的价值是指一事物对主体的积极意义。人的价值就在于创造价值,在于对社会的责任和贡献。评价一个人价值的大小,就在于看他为社会、为人民贡献了什么。

　　人们在认识各种具体事物价值的基础上,会形成对事物的总的看法和根本观点,这就是价值观。价值观对人们认识和改造世界的活动有重要导向作用,价值观是人生的重要向导。人们的价值选择是在价值判断的基础上作出的。要树立正确的价值观,作出正确的价值判断和价值选择,就必须坚持真理,自觉遵循社会发展的客观规律,自觉站在最广大人民的立场上。

　　要实现人生价值,就要在劳动和奉献中创造价值,在个人与社会的统一中实现价值,在砥砺自我中走向成功。

159. 我心有主

元代大学者许衡有一天外出，因为天气炎热，感到口渴难忍。而路边恰好有一排梨树，同行的人纷纷去摘梨，唯独许衡不为所动。

有人问许衡："何不摘梨解渴呢？"他回答说："不是自己的梨，岂能乱摘？"那人笑他迂腐，说："世道这么乱，梨树的主人是谁都不知道，还需要这么多顾虑吗？"许衡正色道："梨虽无主，我心有主。"

我心有主

[哲学启示]

历史唯物主义认为，价值观是人生的重要向导，要作出正确的价值判断和价值选择。一个人生活在这个世界上，随时随地都会面临这样或那样的选择。做人要想做到不人云亦云，不随波逐流，就必须有自己的主见。

许衡的做法乍看迂腐，实则是一种非常难得的做人准则。人生有许多机会，面临许多诱惑。面对诱惑不动心，身不被物役，心不被金迷,看起来容易做起来难。"我心有主"是一种难得的定力,没有一定的精神支柱,没有良好的心态,没有高超的做人修养,是很难做到的。

160. 三个小金人

曾经有个小国向我国进贡了三个一模一样的小金人,把皇帝高兴坏了。可是这小国的人很傲慢,同时出了一道题目:这三个小金人哪个价值最大? 皇帝想了许多办法,请来珠宝匠检查,称重量,看做工,三个小金人都是一模一样的。

三个小金人

怎么办? 使者还等着回话呢。泱泱大国,不会连这种小事都不懂吧? 最后,有一位退位的老臣说他有办法。皇帝将使者请到大殿,老臣胸有成竹地拿着三根稻草,分别插入三个金人的耳朵里。插入第一个金人的耳朵里,稻草从另一边耳朵出来了;第二个金人的稻草从嘴巴里直接掉出来了;而第三个金人,稻草进去后掉进了肚子里。老臣说:第三个金人最有价值。使者默默无语,竖起了大拇指。

[哲学启示]

三个小金人的形式基本一样,但第一个小金人的寓意是听不进话的人;第二个小金人的寓意是藏不住话的人;第三个小金人的价值之所以最大,其主要原因在于它所代表的寓意是能够听得进话、藏得住话的人,这样的人最有价值。

这则故事告诉人们,最有价值的人,不一定是最能说善道的人。善于倾听,才是成熟的人最基本的素质。同时也告诉人们,内容和形式是反映事物内在要素与外部形态之间关系的一对范畴。任何事物都具有一定的内容与形式,内容是事物存在的基础,内容决定形式。

161. 老先生与售货员

老先生常到一家商店买报纸,那里的售货员总是一脸傲慢无礼的样子,就连基本的礼貌都没有。

朋友对老先生说,为何不到其他地方去买? 老先生笑着回答:"为了与他赌气,我务必多绕一圈,浪费时间,徒增麻烦。再说不懂礼貌是他的问题,我为什么因为他而舍近求远呢?"

[哲学启示]

价值观是人生的重要向导。一个人选择什么样的生活方式,是在一定的世界观、人生观和价值观的指导下进行的。不要因为别人的过错而影响了自己做事情的情绪,也不要因为外界的不如人意而影响了自己的生活质量。不愉快的心境,让人萎靡不振,心情烦躁;愉快的心境,则让人精神抖擞,幸福快乐。

一个人的快乐,不是因为他拥有的多,而是他计较的少。人生在世,要想快乐的事,忘记不愉快的事。太阳每天都是新的,雨过天晴会出彩虹。只要你调好心态,一切都是那么的美好。

162. 做人要心正

宋代的陈省华是一位谏议大夫,他的家里养着几匹马,其中的一匹马性情暴烈,桀骜不驯,无论哪位马夫驯养,都很难制服它。家中的马夫要么被它摔下马来闪了腰,要么被它踢到腿走不了路,甚至还被它咬伤胳膊。为此,家中的马夫很是头疼。

一天上午,陈省华读书累了就到庭院里散步,当经过马厩的时候,突然发现那匹烈马不见了。他就问喂马的仆人:"咱家的那匹烈马呢?""被翰林学士卖了。"仆人回答道。"卖给什么样的人了?""听说是一个做生意的人。"陈省华听了,很生气,说:"真是胡闹,太不像话了。"然后,他让仆人把当翰林学士的三儿子陈尧咨喊来。儿子匆匆赶来后,他就大声地斥责道:"你怎么能把那匹马卖了呢?"陈尧咨不解地说:"它性子烈,在咱家既不能耕田,也不能拉车。谁都驾驭不了它,留着它有什么用呢?不如卖掉贴补家用。"

陈省华听了勃然大怒,"你真让我失望。咱家里能驯马的人多,都无法驯服这匹烈马,一个做生意的人又怎么能制服它呢?你这样做岂不是移祸别人,最终会害人家的。"陈尧咨听了父亲的训斥,赶紧吩咐仆人追赶那个买马的人去了。看见儿子脸有愧色,陈省华语重心长地说:"做人要心正。心正,才能堂堂正正,问心无愧。心不正,还能算人吗?"

[哲学启示]

千百年过去了,重温陈省华的这句话,仍然振聋发聩。所谓心正,就是站在别人的角度,为别人考虑;就是要树立正确的价值观,己所不欲,勿施于人;就是怀一颗慈善怜悯之心替别人着想,体恤别人的不易;就是不计较个人的利益得失,求得内心的富足和安宁。

心正者,才能心安。做人要心正,心正,才能堂堂正正做事,清清白白做人。人活一辈子,心正品正,留下好名。

163. 华佗拜师

华佗是东汉末年杰出的医学家,在他功成名就之后,仍然谦虚好学。

一次,华佗给一个年轻人看病,经望、闻、问、切之后,认为患者得了头风病,但是他一时又拿不出治疗此病的药方。之后,这位患者找到一位老中医,很快就把病治好了。华佗知道后很是惭愧,便决心拜老中医为师学艺。于是,他改名换姓,来到老中医门下,恳求学医。老中医见华佗心诚,就收他为徒。

从此,华佗起早贪黑,任劳任怨,虚心好学,最后获得了治头风病的绝技。当华佗满师归来时,这位老中医才明白眼前这个徒弟就是名医华佗。他一把拉住华佗的手说:"华佗啊,你已名扬四海,为何还要到我这里受苦?"华佗说:"山外有山,学无止境。人各有所长,我不懂的地方就应向您学习。"

[哲学启示]

实现人生价值,需要努力发展自己的才能,全面提高个人素质。名医华佗通过虚心学习,成为能力卓越的人,从而创造出辉煌

的人生。

人民群众是历史的创造者。正是由于有华佗等老中医一代又一代的传承、创新，才有了中华民族的中医药文化的繁荣。"虚心使人进步，骄傲使人落后。"华佗拜师学艺、不耻下问，永远是我们学习的榜样。

164. 不为五斗米而折腰

陶渊明是东晋后期的文学家，他的曾祖父陶侃是东晋赫赫有名的大司马、开国功臣；祖父陶茂、父亲陶逸都做过太守。但到了东晋末期，朝政日益腐败，官场黑暗。

陶渊明生性淡泊，在家境贫困、入不敷出的情况下仍然坚持读书作诗。他关心百姓疾苦，有着"猛志逸四海，骞翮思远翥"的志向，怀着"大济苍生"的愿望，出任江州祭酒。由于看不惯官场上的那一套恶劣风气，不久就辞职回家了。随后州里又来召他做主簿，他也辞谢了。后来，他陆续做过一些官职，但由于淡泊功名，为官清正，不愿与腐败官场同流合污，过着时隐时仕的生活。

后来，在朋友的劝说下，已过"不惑之年"的陶渊明再次出任彭泽县令。到任八十一天，碰到浔阳郡派遣督邮来检查公务。浔阳郡的督邮刘云，以凶狠贪婪闻名远近，每年两次以巡视为名向辖县索要贿赂，每次都是满载而归，否则便会对辖县官员栽赃陷害。县吏说："当束带迎之。"就是应当穿戴整齐，备好礼品，恭恭敬敬地去迎接督邮。陶渊明叹道："我岂能为五斗米向乡里小儿折腰。"说完，挂冠而去，辞职归乡。

[哲学启示]

在每个人的内心深处，都有着对名利的一定渴求，这本无可非议。但有的人尔虞我诈、不择手段地追名逐利,结果使自己一辈子深陷名利的漩涡中不能自拔。

陶渊明"不为五斗米折腰"的气节,以天下苍生为重,以节义贞操为重,作出了正确的价值判断,进行了正确的价值选择。我们要学习陶渊明如松的品格,坚韧不拔,不屈不挠,不趋炎附势,不为名利浮华所改变,以保持"淡泊功名,为官清正"的本性。

165. 曾国藩背书

曾国藩少年时的智商并不高,但是非常勤奋刻苦,他规定自己每天必须背诵出一篇文章,否则就不能上床睡觉。

曾国藩背书

一天晚上,曾国藩在家读书。半夜里一个小偷溜进屋里,见一个书生在读书,就躲在阴暗角落里,想等他读完书后上床睡觉了再下手。可是,曾国藩一直读了很多遍还没有去睡觉,因为他没能背出来。眼见得鸡叫天快亮了,小偷终于忍不住了,从角落里走出来,指着曾国藩斥责道:"你这秀才,真是蠢到家了!一篇文章,翻来覆去读了这么多遍还背不出,我背给你听听!"说完,就哇啦哇啦背了起来,背完后拂袖而去。

曾国藩听后羞愧不已,从此更加发愤读书。他靠着非凡的毅力和超人的付出,最终成了我国的一代宗师,被誉为"立德、立功、立言"的千古名人。

[哲学启示]

从曾国藩背书的故事我们可以看出:"勤能补拙是良训,一分辛苦一分才。"伟大的成功和辛勤的奋斗是成正比的,有一分努力就有一分收获,日积月累,从少到多,奇迹就可以创造出来。

这则故事也同时告诉人们,实现人生价值,需要努力发展自己的才能,全面提高个人素质。能力卓越的人,更有可能创造出卓越的人生。

166. 罗斯福失盗

一次,曾任美国第32届总统的富兰克林·罗斯福家中失窃,损失惨重。朋友写信安慰他,罗斯福回信说:"亲爱的朋友,谢谢你的安慰,我现在一切都好,也依然幸福。感谢上帝。因为:第一,盗贼偷去的是我的东西,而没有伤害我的生命;第二,盗贼只偷去我部分东西,而不是全部;第三,最值得庆幸的是,做盗贼的是他,而不是我。"

[哲学启示]

罗斯福的回信看似一种幽默的调侃戏谑,其实这也是一种达观的生活态度和人生智慧,且为许多贤达俊杰所叹服。在现实生活中,幸福其实就是一种感觉,一个总是觉得很痛苦的人,往往就是把幸福的底线画得太高的人。期望值过高,欲望太大,结果与现实产生较大差距,于是痛苦就降临了。

豁达,是一种积极的人生态度。在现实生活中,豁达的人总是心胸宽广,落落大方,潇洒坦荡,热情开朗,思想健康,乐观向上。那是闲庭信步、宠辱不惊的从容和淡定;那是心胸宽广、海纳百川的大度和胸怀;那是不怕吃亏、乐于吃亏的包容和付出;那是走向人生、为人处世的智慧和艺术。豁达,会让我们的心情豁然开朗,会让我们的事业豁然顺达,会让我们的人生豁然达观。愿您做一名豁达之人。

167. 一篓鱼和一根鱼竿

从前,有两个饥饿的人得到了一位长者的恩赐:一根鱼竿和一篓鲜活硕大的鱼。其中,一个人要了一篓鱼,另一个人要了一根鱼竿,于是他们分道扬镳了。得到鱼的人原地搭起篝火煮起了鱼,他狼吞虎咽,转瞬间连鱼带汤就吃了个精光,不久,他便饿死在空空的鱼篓旁。另一个人则提着鱼竿继续忍饥挨饿,一步步艰难地向海边走去,可当他已经看到不远处那片蔚蓝色的海洋时,他浑身的最后一点力气也使完了,也只能眼巴巴地带着无尽的遗憾撒手人寰。

又有两个饥饿的人,他们同样得到了长者恩赐的一根鱼竿和一篓鱼。只是他们并没有各奔东西,而是商定共同去寻找大海。他俩每次只煮一条鱼,经过长途的跋涉,他们来到了海边。从此,两人开始了捕鱼为生的日子。几年后,他们盖起了房子,有了各自的家庭,有了自己建造的渔船,过上了幸福安康的生活。

[哲学启示]

这则故事告诉人们,一个人在实践活动中实现自己人生价值的时候,必须利用社会和他人提供的各种物质条件和知识成果,完全脱离社会的"个人奋斗"和"自我实现",实际上是不可能的。只有正确处理个人与集体、个人与他人的关系,才能在奉献社会中实现自己的人生价值。一个人只顾眼前的利益而离开集体的利益,得到的终将是短暂的欢愉;一个人目标高远且坚持团队精神,得到的则是长远安康的生活。

168. 绿茶的哲学

有一位北大学子对成功充满渴望,可在现实生活里却屡屡碰壁。他便给时任北大校长的蔡元培写了封信,希望能够得到些指点。蔡校长看完信后,便约了个时间和这个学生见面。

学生很激动地进了校长办公室。没等他开口,蔡校长就笑着招呼道:"来,快坐下,我给你泡杯茶。"说完便起身,从抽屉中拿出茶叶放进杯子里,倒上开水,递到学生面前,和蔼地说道,"这可是极品绿茶哦,你尝尝。"

学生受宠若惊地端起茶杯,只见茶叶稀疏地漂浮在水面上,水是惨白惨白的,毫无绿色可言。他喝了一口,跟白开水似的,没一点茶的味道,学生的眉头不禁一皱。蔡校长却不理学生的表情,而是随性地和学生谈了些不痛不痒的话题。学生的表情很不自然,好不容易等到蔡校长住了口,他站起身来想告辞。

蔡校长摆了摆手,说:"急什么,把茶喝完再走,这可是一杯极品的绿茶,浪费多可惜呀!"学生只好端起杯子一饮而尽,可这一喝,一股浓郁的味道使得满口生香!学生愣住了,诧异地看了看杯子,只见茶叶都沉到了杯底,杯中的水已是一汪青绿。

蔡校长笑了笑,满含深意地问道:"你明白了吧?"学生当即点头,欣喜地说:"我明白了! 您的意思是追求成功就要像这绿茶一样,不要心浮气躁,不要只停留在表面,凡事都要静下心来,认认真真、踏踏实实地沉淀下去才行。"

[哲学启示]

一个人要想成功,应该脚踏实地,从我做起,从今天做起,从眼前的每一件小事做起。实现人生价值,需要充分发挥主观能动性,发扬顽强拼搏、自强不息的精神。那种心浮气躁、夸夸其谈、梦想一步登天的人,是永远到达不到成功的彼岸的。

自强不息是中华民族奋斗精神的主要表现,在我国古代典籍《易传·乾卦》中就有"天行健,君子以自强不息"的名句。在中华民族的发展史上,无论是对人生崇高理想的追求,还是对陈旧事物的革新,无论是面对困难的态度,还是吸纳百川的气度,都充分地展现出自强不息的奋斗精神。

169. 牛顿的忘我境界

18世纪英国著名的物理学家牛顿,每天除抽出少量的时间锻炼身体外,大部分时间是在实验室里度过的。一次在实验室里,他一边思考着问题,一边在煮鸡蛋。苦苦地思索简直使他痴迷。突然,锅里的水沸腾了,他赶忙掀锅一看,"啊!"他惊叫起来,锅里煮的却是一块怀表。原来他考虑问题时竟心不在焉地随手把怀表当作鸡蛋放进锅里了。

还有一次，牛顿邀请一位朋友到他家共进午餐。他计算问题入了迷，把这件事忘掉了，佣人照例只准备了牛顿一个人的午饭。临近中午，客人应邀而来，看见牛顿正在埋头计算问题，桌上、床上摆满书籍、稿纸。看到这种情形，客人不忍打搅牛顿，见桌上摆着饭菜，以为是给他准备的，便坐下吃了起来，吃完后就悄悄地走了。当牛顿计算完了问题，走到餐桌旁准备吃午饭时，看见盘子里剩下的鸡骨头，恍然大悟地说："我以为我还没有吃午饭呢。"

[**哲学启示**]

努力奉献的人是幸福的，爱我们的事业，积极为满足社会和他人的需要作出更大贡献，是实现人生价值的必由之路，也是拥有幸福人生的根本途径。牛顿对科学研究极度专心，已进入忘我的境界，令人赞叹。

"忘我"，是指由于办事时全身心的投入，忘记了自我的存在。一个人在忘我的状态中，常常能够激发或者唤醒自己生命的潜能，进而完成平时状态下不可能完成的工作和任务，甚至创造出生命的奇迹。追求忘我境界，也是一个人最接近于幸福的生命状态。从某种意义上讲，追求忘我境界，就是在追求幸福。

170. 失去的都会得到补偿

赫本是二十世纪五六十年代的好莱坞影星，她有两项非常有趣的记录：一是她结过七次婚；二是她从没有看过心理医生。一位叫史塔勒的医生对此产生了兴趣，决心对她进行深入研究。

他翻出二十世纪六十年代的报纸，找出有关赫本的所有报道。他发现赫本区别于其他影星的不仅仅是那两点，她曾做过 67 次亲善大使，尤其是 1956 至 1963 年间，她几乎每月都到码头、监狱、黑人社区做义工。有一次,她甚至谢绝贝尔公司每小时五万美元的庆典邀请,去医院给一位小男孩做护理服务。总之,赫本非常乐于做无报酬的慈善工作。

史塔勒对这一发现非常重视,他认为这里面肯定蕴藏着心理学方面的某种东西。为了能得出一个圆满的答案,他推而广之,对其他做公益事业的名人、富翁进行研究。最后,他发现这些人很少有怪癖及其他不良记录,他们同赫本一样,几乎没有看过心理医生。

后来,他把这一发现应用到他的一批特殊病人身上。好多人一扫过去的阴霾,变得乐观起来。

[哲学启示]

这则故事告诉人们:人的价值就在于创造价值,在于对社会的责任和贡献,即通过自己的奉献活动满足社会、他人和自己的需要。人既是价值的创造者,又是价值的享受者。当一个人付出的劳动没有得到金钱和物质的回报时,必然可以得到等值的精神愉悦。

人生最大的意义就是对社会的奉献。愿天下人,都能奉献出自己应有的正能量,造福于人类。

171. 吕蒙正的为官之道

宋朝的吕蒙正被任命为当朝宰相。第一次上朝时,人群里突然有人大声讥讽道:"哈哈,这种模样的人,也可以入朝为相啊?"可吕蒙正像没有听见一样。跟随在他身后的几个官员却为他鸣不平,纷纷拉住他的衣角,一定要帮他查出究竟是谁如此大胆,竟敢在朝堂上讥讽刚上任的宰相。吕蒙正却对众人说:"谢谢你们的好意。我为何一定要知道是谁在背后说那些不中听的话呢？如果一旦知道了是谁，那么一生都会放不下的，以后还怎么能在一起处理朝中的事？"

做宰相期间，他一直以"无为而治"作为自己的施政方针。一天，他的两个儿子愤愤不平地对他说："父亲，外面都在传说你无能，你做宰相，权力怎么都被别人分夺去了呢？你赶紧去教训教训那些狂妄自大的人吧！"吕蒙正听了，哈哈大笑说："报复别人，对自己又有什么好处呢？我哪有什么能耐啊？皇上不就是看我善于识人，才提拔我当宰相的吗？我当宰相就是为国家物色有能力办事的人，我要权力干什么啊？"

[**哲学启示**]

吕蒙正之所以能成为大宋的一代名相，其根源正是他具有"拿得起，放得下"的胸襟和豁达的心态。

生活中，人们往往是拿得起，放不下。其实，放得下是一种肚量，也是一种智慧。拿得起，其勇气实在可贵；放得下，方是人生处世之真谛。只有真正做到拿得起，放得下，才能在个人与社会的统一中实现人生价值。

172. 你发火，我发力

张子祥是清末画家，他一辈子痴迷于画画。有一天，张子祥在画室里忙碌，妻子忽然走进来，说厨房里用来炖汤的一个锅不见了，问他是否借给了邻居。张子祥从来没有注意过那个锅，更没有借给邻居，正沉醉于作画的他，只是摇了摇头。妻子见丈夫竟然这样敷衍自己，勃然大怒，不由分说把张子祥的画具全都摔到了地上。

这时，张子祥看到一盒红色的颜料溅在了空白的画纸上，星星点点,煞是好看,当场就着这些红色,挥笔画了一幅天竹图。这幅画画风独特,别有意境,水平反而远远超过平时的画作,看过的人都称赞不已。从此,向张子祥求购天竹画作的人,络绎不绝,他的名气也比过去更大了。

事后,有人调侃张子祥,说他真是有涵养。张子祥听了哈哈一笑:"夫妻吵架,什么时候也不是一件好事情。如果她发火时,我也跟着发火,只能让事情变得更加糟糕。不如她发火时,我悄悄发力,把更多的心思用在画画上……"

[哲学启示]

价值观不同,人们对事物的认识和评价就不同。价值观不同,人们面对矛盾冲突时作出的选择也不同。生活就像一面镜子,你对它哭,它也哭;你对它笑,它也笑。张子祥能从夫妻吵架这种烦恼的事情中发现灵感,努力把情绪由发火调整到发力的状态,从而留下了一段"弄拙成巧"的佳话。

愤怒的"怒"字,心上的奴隶,因为它不是在控制情绪,而是受情绪的控制。宽恕的"恕"字,如意上心头,学会宽恕,生活就会如意。优秀的人控制情绪,失败的人被情绪控制。因此,我们每个人都要学会控制过激的情绪。

173.放下对名誉的欲望

居里夫人是一位卓越的科学家,生前曾两次获得诺贝尔奖,可谓天下闻名。但她既不求名也不求利,在名利的巨大诱惑面前,她表现出"富贵于我如浮云"的淡泊心态。正如爱因斯坦所说:"在所有的著名人物中,居里夫人是唯一不为荣誉所腐蚀的人。"

一天,居里夫人的一个友人来她家做客,忽然看见她的小女儿正在玩英国皇家学会刚刚颁给她的一枚金质奖章,大吃一惊,忙问:"能够得到一枚英国皇家学会的奖章,这是极高的荣誉,你怎么能让小孩子玩呢?"居里夫人笑了笑说:"我是想让孩子从小就知道,荣誉就像玩具,只能玩玩而已,绝不能永远守着它,否则将一事无成。"

1910年,法国政府为了表示对居里夫人的尊崇,决定授予她骑士十字勋章,但是居里夫人谢绝了。几个月后,她和杰出的物理学家布朗利一起竞选科学院院士。但是,当时许多人反对妇女进入科学院。最后,居里夫人只差一票落选了。落选的消息传来,居里夫人身边的工作人员心里别说有多难受了,都在默默地准备一些安慰她的言辞。没想到居里夫人就像平常一样微笑着从工作室里走出来,看不出有一丝一毫的苦恼。大家非常钦佩她,仍像往常一样,又伴着居里夫人一起投入到新的实验中去。

[哲学启示]

居里夫人终生重视事业,淡泊名利。正因为她远离人事的侵扰和盛名的渲染,才在科学探索的道路上攀上了光辉的顶点,实现自己的人生价值。其实,名誉本身无所谓好坏,关键在于你如何看待。名誉只是暂时的,它所闪耀出来的光环也是暂时的。如果你仅仅依靠某个名誉过日子,那最后可能连最初那点光芒也会渐渐地黯淡下去。

什么是境界?境界就是人生之始能看远,人生中途能看宽,人生终年能看淡。

174. 潘基文分苹果

一天,一位亲戚送给一个韩国家庭两筐苹果,一筐是刚刚成熟的,还可以储存一段时间;另一筐是已经完全熟透的,如果不在三天之内吃掉,就会变质腐烂。

父亲把三个儿子叫来,说:"孩子们,你们说说,选择怎样的吃法,才能不浪费一个苹果?"大儿子说:"当然是先吃熟透了的,因为这些是放不过三天的。"父亲说:"等我们吃完这些后,另外的那一筐也开始腐烂了。这样一来,我们吃的始终不是新鲜的苹果。"

二儿子想了想说:"如果这样,熟透的那筐苹果不是白白浪费了吗?你不觉得可惜吗?"父亲把目光转向了小儿子,"你有更好的办法吗?"小儿子微微思考了一下,说:"我们最好把这些苹果混在一起,然后分给邻居们一些,让他们帮着我们吃,这样就不会浪费一个苹果了。"父亲听了,满意地点点头,笑着说:"不错,这的确是个好办法。就按你的想法去做吧。"

多年后,这个选择把苹果分给邻居的孩子当选为联合国的秘书长,他的名字叫潘基文。

[哲学启示]

这则故事告诉人们,爱是一种给予,只有无私的付出,才能收获到快乐和幸福。用你的爱心去关爱身边的每一个人,就会有美好的收获。心存爱心的人,一定会有很多的朋友,一定会在人生路上得到更多人的支持和帮助,也会取得更大的成就。

爱心如阳光一般温暖,令人倍感幸福而温馨;爱心奉献是人间最为高尚的举止,倍受大家的钦佩和敬仰。人类社会是个大家庭,在这个大的家庭里,需要爱心,需要阳光,需要充足的水分,在大家的真诚呵护下,这个大家庭才能展示出无比灿烂的辉煌与温馨可爱。人人献出一点爱,这个世界会更加精彩,更加明媚。

175. 宁赢拒从

春秋战国时期,晋襄公手下有个大臣叫阳处父。此人平时喜欢高谈阔论,又好自以为是地教训他人,摆出一副很有学问的样子。

有一次,晋襄公派他到其他诸侯国访问,回来时路过鲁国的宁城。宁城有个叫宁赢的人,他跟阳处父交谈后,认为阳处父非常有学问,打算跟阳处父干一番事业。可是,走了几天后,宁赢却离开阳处父独自一人回家了。宁赢的夫人见他回来,感到很纳闷,便问他为什么这么快就回来了。宁赢叹了口气说:"阳处父华而不实。"宁赢的夫人问:"为什么要说这样的话呢?"宁赢解释道:"阳处父这个人说起话来是滔滔不绝,头头是道,口若悬河,开始接触时感觉他非常有学识,容易产生好感,让人佩服。但是接触时间长了之后,发现他其实没有真才实学。我再跟着他,不仅得不到好处,还可能会受到牵连。"

事实正如宁赢所说的那样,恰恰是这个华而不实之人,扶持了一个华而不实之帅,给晋国带来了一场空前的劫难。

[哲学启示]

这则故事告诉人们,一个人要想干一番成就,实现人生价值,必须要有真才实学,绝不能华而不实或言过其实。

故事同时也告诫人们,结交朋友,特别是选择哪一类人作为朋友至关重要。一个人选对了朋友是一辈子的幸福,选错了朋友则有可能是一种灾难。

176. 给美丽充值

在位于伦敦牛津街的赛弗里奇百货公司,有一个十九岁的女孩儿担任私人购物顾问。她工作勤奋,对待顾客彬彬有礼,很受顾客欢迎。公司老板也很赏识她,认为她是一个优秀的员工,而且她的工作是地地道道的义务劳动,没有一英镑的报酬。

其实这个女孩儿完全可以不必在此工作劳累,而可以去享受与她的出身、美貌、年龄相匹配的生活,甚至可以去周游世界。因为,她就是英国比阿特丽斯公主,是女王伊丽莎白二世的孙女、安德鲁王子的长女,在英国王位继承人顺序中排名第五,被誉为"世界上最美丽的未嫁公主"。

然而这位小公主身为金枝玉叶,她却选择了在一家百货公司打工,因为她要趁大学开学前的一段时间努力赚取宝贵的工作经验。当有人问她的感受时,她说:"我感到非常棒,这种体验是我从前不曾有过的,我想它对我的成长一定会有帮助的。"

[哲学启示]

这则故事告诉人们,实现人生价值,需要自强不息的精神。自强不息是一种奋发向上的精神面貌,是一种不怕困难、勇于奉献的精神。一个人只有不畏困难,不懈奋斗,才能实现人生所向往的目标,成为有所作为的人。

有的人尽管先天条件很好,但如果缺乏后天的努力,也将一事无成。比阿特丽斯公主最值得人们羡慕的不是她的美貌,也不是她的出身,而是她对待人生的态度。

177. 别忘了自己是谁

剑桥大学一位德高望重的老教授,在又一批学生临近毕业时,他忽然患了眼疾,自称失明了。他的学生们纷纷前来看望他,他问每一个来看望他的学生:"你是谁? 告诉我你从什么地方来? 学什么专业? 小时候幻想干什么? 毕业后准备到什么地方去? 将来准备做什么……"

同学们感到老教授在眼睛失明之后居然这样关心他们,都很感动,就把各自的具体情况和想法如实地告诉老教授。老教授一边听一边连连点头,不时地说着:"好""很好""再说一遍""你很了解自己了""你目标明确,好好实践吧"……

分手时,他又一一握着同学们的手,异常亲切而语重心长地说:"我知道你是谁了! 不过,今后的漫长岁月里,你千万不要忘了自己是谁啊!"有的同学感觉怪怪的,偷偷地对其他同学说:"老教授的眼睛看不见了,思维也好像不太清晰了,有些唠叨了。"

谁知,在学生们毕业离校的前一天,老教授的眼睛又"奇迹般"地复明了。他在送别会上对同学们说:"在我双目失明、意志消沉的时候,是同学们的关怀和激励让我又重新心明眼亮了! 我也给那些曾经看望我的同学精心制作了一件礼品——我们的谈话录音。在今后的人生旅程中,当你们失意的时候、迷茫的时候、不知所措的时候,就听听这盘录音带吧……"

直到这时,同学们才真正领悟到老教授的良苦用心。

[哲学启示]

价值观是人生的重要向导。一个人走什么样的人生道路,选择什么样的生活方式,都是在一定世界观和价值观的指导下进行的。在现实人生中,许多人一辈子也没真正关怀和关注过自己,甚至没弄清自己是谁、是干什么的。"你到底是谁",其实是一个关乎心灵走向、关乎事业抉择的人生命题。

178. 低就未必低人一等

20世纪70年代初,美国麦当劳总公司看好中国台湾市场。打算正式进军中国台湾之前,他们需要在当地先培训一批高级干部,于是进行公开的招考甄选。由于要求的标准颇高,许多初出茅庐的青年企业家都未能通过。

经过一再筛选,一位名叫韩定国的公司经理脱颖而出。最后一轮面试前,麦当劳的总裁和韩定国夫妇谈了三次,并且问了他一个出人意料的问题:"如果我们要你先去洗厕所,你会愿意吗?"韩定国还未及开口,一旁的韩太太便随意答道:"我们家的厕所一向都是由他洗的。"总裁大喜,免去了最后的面试,当场拍板录用了韩定国。

后来韩定国才知道,麦当劳训练员工的第一堂课就是从洗厕所开始的。韩定国后来所以能成为知名的企业家,就是因为他一开始就能从卑微做起,干别人不愿干的事情。

[哲学启示]

"低就"不一定就低人一等。对于许多选择就业岗位的人们来说,首要的不是先瞄准好令人羡慕的岗位,而是一开始就树立好正确的就业观念。如果干什么都挑三拣四,或者以为选准一个岗位便可以一劳永逸,那么你就可能永远是真正的低人一等。正如台湾女作家杏林子所说:"现代社会,昂首阔步、趾高气扬的人比比皆是,然而有资格骄傲却不骄傲的人才是真正的高贵。"

179. 神剑上的字

欧冶子是春秋战国时期的铸剑名匠。当时,他给一位鼎鼎有名的剑士铸造了一把神剑,无数武林高手都败在那把神剑下。

有传闻说,那把神剑上刻了几个小字,被剑士奉为座右铭,也正是那几个字,成就了现在的他。这也引起了大家的好奇,神剑上究竟刻了什么字? 当众人得知那神剑是欧冶子所铸、字也是他亲手刻的时,都跑去寻求答案。

见欧冶子久久不答,众人纷纷猜测起来。有人说,一定是"天下第一",毕竟追求第一是很多习武之人的梦想;有人说,既然是神剑,一定剑气逼人,所以剑上的字应该是"近我者死";也有人说,神剑上可能是一句激励之语,如"三更眠五更起"之类的……

欧冶子连连摇头,最后轻轻说出四个字:"剑下饶人。"众人顿时恍然,拍手叫绝。

[哲学启示]

价值观是人生的向导,影响人们的行为选择。身为剑士,高超的武功必不可少,但更为重要的是,要有一颗仁者之心,方能成就武者的至高境界。

180. 有一只眼睛叫良心

他叫张继锁,出生在一个农民家庭。医生告诉他,母亲除了有脊髓空洞症外,她的椎基底动脉主干狭窄80%以上,这根直供生命中枢的关键血管就像一颗定时炸弹,随时可能导致昏厥甚至猝死。这两种严重病症都可以通过手术治疗,大约需要十几万元的花费。

如果再不去大医院及时就诊，母亲很可能会成为植物人。他依偎在母亲身边，双手抱着头，不让母亲看见自己眼里将要滚出的泪水。看病需要花钱。可是钱从哪里来呢？他想到了去买彩票，希望幸运之神能让自己"发财"，来挽救母亲。

天色已晚，他买完彩票去姐姐家吃饭，走到鱼鸟河桥附近，一脚踢到一个钱包，感觉沉甸甸的。他便站在路边等，半个多小时过去了，依然没有人来寻，姐姐打电话催促他赶紧回家，他只好先去姐姐家。

七岁的外甥女很好奇地翻开他捡到的钱包，惊诧地说："包里好多钱啊！"他这才发现，包里不光有签了章的支票、送货单据，还有十万元的现金，合计价值七十万元。

他赶紧寻找有关失主的信息，在一个证书上找到了失主的电话，终于联系上了失主，并约好了见面地点，这时已是晚上十点钟了。失主来到后，他把包还给了失主。失主十分感激，要他说出家庭住址以便日后登门致谢，他婉言拒绝了。失主又拿出两千元钱硬塞给他，他坚决不收，快步离开了。

后来失主千方百计地打听到他上班的工厂，听说他母亲病重急需用钱时，说愿意出钱帮助他，他再一次拒绝了。他说："捡钱归还天经地义，多少不义之财都难买良心安。"

不久，他捡巨款不动心的事迹在网络上引发热议，有人说他太傻，也有人说正是这种"傻"，才会有人间最美的心灵。善有善报，很多人纷纷捐款，很快他母亲的看病费用就凑够了一大半。

[哲学启示]

价值观影响人们的行为选择。价值观不同，人们在面对公义与私利的冲突时作出的选择也不同。其实，每个人都长了三只眼睛，这第三只眼睛就是良心。不管在黑暗中还是在光明里，这只眼睛都能看得清哪些事该做，哪些事不该做。

坚定理想信念

实现人生价值,需要有坚定的理想信念。理想信念体现了人们对美好生活的向往和追求,它是人生的奋斗目标,也是推动人们前进的强大动力。理想信念对人生历程起着导向作用,是人的理想和行为的定向器;理想信念是激励人们向着既定的目标奋斗前进的动力,是人生力量的源泉;理想信念是激励人们迎接挑战、克服困难的精神支柱和强大力量。

漫漫的人生,唯有激流勇进,不畏艰险,奋力拼搏,方能中流击水,抵达光明的彼岸。科学的理想信念,正是当代人乘风破浪、搏击沧海的灯塔和动力之源。

理想信念是人的心灵世界的核心。有无理想信念,有什么样的理想信念,决定了人生是高尚充实,还是庸俗空虚。追求远大的理想,坚定崇高的信念,是一个人健康成长、成就事业、开创未来的精神支柱和前进动力。

如果说社会是大海,人生是小舟,那么理想信念就是引航的灯塔和推进的风帆。没有科学的理想信念的人生,就像失去了方向和动力的航船,会在生活的波浪中随处漂泊,甚至会沉没于急流之中。

181. 夏明翰的"主义真"

1928 年春天,共产党员夏明翰化装成商人,秘密来到武汉从事党的地下工作。当时,正是白色恐怖十分严重的时候。蒋介石和汪精卫勾结在一起,大肆屠杀共产党人和革命群众。由于叛徒告密,夏明翰被捕了。

敌人把夏明翰关进监狱,先是劝他"投降",说只要他放弃信仰共产主义,就一定亏待不了他。夏明翰毫不含糊地回答说:"我可以牺牲我的生命,决不放弃我的信仰!"于是敌人就对他来硬的,用尽各种刑罚,直到把他折磨得遍体鳞伤,血肉模糊。可是,对于胸怀共产主义理想的夏明翰,皮肉的痛苦不能动摇他革命的坚强意志。

敌人对夏明翰实在没有办法,决定杀害他。敌人把夏明翰押到刑场的时候,问他:"你还有什么要说?"夏明翰大声说:"给我拿纸来!"他略一深思,随即昂然一笑,抓起笔就写了一首诗:"砍头不要紧,只要主义真。杀了夏明翰,还有后来人。"然后用力把笔往地下一扔,就英勇就义了。

[哲学启示]

"我可以牺牲我的生命,决不放弃我的信仰!""砍头不要紧,只要主义真。杀了夏明翰,还有后来人。"革命烈士夏明翰为了共产主义理想信念,英勇就义,激励后人前赴后继,使新中国站起来、富起来、强起来。

这则故事教育人们,只有理想信念坚定的人,才能始终不渝、百折不挠,不论风吹雨打,不怕千难万险,坚定不移为实现既定目标而奋斗。

182. 梁灏夺魁

梁灏从小就立下了考取状元的志向。此后,他便博览群书,不断积累和丰富自己的学识。三十五岁那年,满怀信心的梁灏参加了朝廷的考试,不料却名落孙山。

但梁灏并未气馁,而是更加勤奋地学习,相信自己一定能考中状元。在随后的每次科举考试中他都不放弃,谁知命运偏偏与他作对,他都没考中。

历经几个朝代,满头银发的梁灏仍坚持不懈,一如既往地参加考试。终于,在他八十二岁时高中状元,真是皇天不负有心人啊!

[哲学启示]

梁灏的好学不倦、坚韧不拔的精神一直被世人传颂。今天我们既要学习他"活到老,学到老"的学习精神,更要学习他为了追求理想永不放弃的奋斗精神。

183. 雨果的《巴黎圣母院》

1830 年,法国作家雨果同出版商签订合约,半年内交出一部小说手稿。

为了确保能把全部精力放在写作上,雨果把除了身上所穿毛衣以外的其他衣物全部锁在柜子里,把钥匙丢进了一个小湖里。就这样,由于根本拿不到外出要穿的衣服,他彻底断绝了外出会友和游玩的念头,一门心思写小说,除了吃饭与睡觉,从不离开书桌,结果作品提前脱稿。

而这部仅用五个月时间就完成的作品,就是后来闻名于世的文学巨著《巴黎圣母院》。

[哲学启示]

实现人生价值,需要有坚定的理想信念。人不可能生活在真空之中,各种消极因素会对我们产生各种各样的冲击,这就需要我们排除外界的干扰,沿着正确的人生道路前进。

一个人要想干好一件事情,成就一番事业,就必须心无旁骛、全神贯注地追逐既定的目标。在漫漫人生路上,当我们难于驾驭自己的惰性和欲望,不能专心致志地前行时,不妨斩断退路,逼着自己全力以赴地寻找出路。勇于切断退路,使自己专注于眼前正做着的事情,往往会迸发出巨大的热情和力量,全力以赴地寻找成功之道,这更有助于在困境中找到一条光明的出路,最终走向成功。

184. 卓别林笑对人生

19 世纪末,英国伦敦诞生了一个不幸的男孩。出生后一年,父母离婚,他跟了母亲。然而母亲在他六岁时精神失常被送进精神病院,他也被收入孤儿院。

他自小当过药店的徒工、旅馆的服务生、书店的伙计、玻璃厂的零工、印刷厂的学徒。他的童年饱尝都市里的苦难,尽管没有得到一个正常儿童应有的快乐,但他却探索出了对付苦难的有效方法,掌握了笑的秘密和诀窍。于是他就把他的笑拍成电影,他拍的每一部影片均在世界范围内拥有三亿观众。他征服了观众,征服了世界。他就是查理·卓别林。

[哲学启示]

挫折是摆在人生旅途上的一个个栅栏,有的人遇到它就往回走,或者只跨过几个矮小的栅栏就失去继续前行的勇气;也有人每跨过一个栅栏,信心就增加一份,能力就提高一步,所以越走越远。病痛、苦难、挫折等是人生的不幸,但如果我们能用乐观的态度对待它,并用行动去战胜它,就会转换成人生宝贵的财富。

这则故事中的卓别林用笑的秘密和诀窍对付人生的苦难,征服了观众,征服了世界,从而使自己的人生境界也得到了升华。

185. 专注是金

日本有一家只有七个人的企业,其制造的产品是有些人看来不值一提的哨子。可你千万别小看这小玩意儿,一年竟创造了七千万元的利润。

原来这家企业的产品特别"专一"——只生产哨子。他们聘用了多名科技人才专门研发哨子,最贵的哨子卖了两万美元一个。在世界杯足球赛上,所有的哨子都是出自该厂。更令人惊奇的是,他们生产的哨子种类多达上千种。

[哲学启示]

一个人要实现人生价值,需要充分发挥主观能动性,需要顽强拼搏、自强不息的精神,需要有坚定的理想信念,需要正确价值观的指引。"善始者众,善终者寡"。只有执着专注坚持到最后的"善终者",才能成为人生事业的成功者。可见,人生要获得成功,就要明确目标,专心致志,顽强执着,不达目的决不放弃。人们常说"专注是金",专注的确是成功的秘诀。

目标是我们成功的前提,力量的源泉,生活的动力。要想成为一个成功者,就必须有坚定而明确的目标。要把目标作为自己人生的航标,披荆斩棘,勇往直前,直达自己理想的彼岸。

186.走出低谷

1967 年夏天,美国跳水运动员乔妮·埃里克森在一次跳水事故中,身负重伤,除脖子之外,全身瘫痪。事故发生后,乔妮一直摆脱不了那场噩梦,无论亲戚朋友怎样安慰她,她总认为命运对自己实在不公平。

曾经有一段时间,她陷入了绝望,不说话,不吃东西,整天只是凝望着窗外的风景。又过了些时日,乔妮猛然醒悟过来,开始冷静思索人生的意义和生命的价值。她借来许多介绍前人如何成才的书籍,一本一本认真地读了起来。她虽然双目健全,但读书也是很艰难的,只能靠嘴衔根小竹片去翻书,劳累、伤痛常常迫使她停下来。休息片刻后,她又坚持读下去。大量的阅读,使她终于领悟到:我是伤残了,但许多人伤残后,却在另外一条道路上获得了成功。他们有的成了作家,有的创造了盲文,有的谱写出美妙的音乐,我为什么不能? 于是,她想到了自己中学时代曾喜欢画画,这位纤弱的姑娘变得坚强起来,变得自信起来。她捡起了中学时代曾经用过的画笔,用嘴衔着,练习画画。

这是一个多么艰辛的过程啊! 用嘴画画,她的家人连听也未曾听说过。他们纷纷劝阻:"乔妮,别那么死心眼了,哪有用嘴画画的? 我们会养活你的。"可是,家人的话反而激起了她学画的决心,"我怎么能让家人养活一辈子呢?"她更加刻苦地练习,常常累得头晕目眩,甚至有时委屈的泪水把画纸也淋湿了。为了积累素材,她还常常乘车外出,拜访艺术大师。过了好些年,乔妮的辛勤努力没有白费,她的一幅风景油画在一次画展上展出后,得到了美术界的好评。

不知为什么,乔妮又想到要学文学。家人及朋友们又劝她说:"乔妮,你绘画已经很不错了,还学什么文学,那会更苦了你自己的。"她想起一家刊物曾向她约稿,要她谈谈自己学绘画的经过和感受。她下了很大力气去写作,可稿子怎么也写不成。这件事对她刺激太大了,她深感自己写作水平差,必须一步一个脚印地去学习。

这是一条满是荆棘的路,可是她仿佛看到艺术的桂冠在前面熠熠闪光,等待她去摘取。终于,又经过许多艰辛的岁月,乔妮这个美丽的梦终于成了现实。1976年,她的自传《乔妮》出版了,轰动了文坛,她收到了数以万计热情洋溢的信。两三年后,她的《再前进一步》一书又问世了,该书以作者的亲身经历,教育残疾人应该怎样战胜病痛,立志成才。后来,这本书被改编成剧本搬上了银幕,影片的主角就是由她自己扮演,她成了青年们的偶像,成了千千万万青年自强不息的榜样。

[哲学启示]

当乔妮的人生陷入了低谷,她并没有放弃自己,而是感恩自己还活着,依然可以成才。在坚强的信念支撑下,她慢慢地积蓄力量,最终迎接了人生一个又一个成功。

这则故事告诉人们,一个人在陷入低潮的时候,学会以一颗坦然的心去面对。面对挫折,你有可能会失败,但不要失去坚强的意志。耐心等待,在等待中充分发挥主观能动性,顽强拼搏,他日你必定会一鸣惊人,实现自己的人生价值。

187. 司马迁著《史记》

司马迁子承父志,继任太史令。公元前104年,他开始了《太史公书》即后来被称为《史记》的史书创作。但事出意外,后因李陵战败投降匈奴,司马迁因向汉武帝辩护事情原委而被捕入狱,并被处以宫刑,在身体和精神上受到了巨大的创伤。

司马迁出狱后任中书令,他忍辱含垢,发奋继续完成所著史籍,以其"究天人之际,通古今之变,成一家之言"的史识,前后经历了十四年,终于写成了被誉为"史家之绝唱,无韵之离骚"的我国历史上第一部纪传体通史——《史记》。全书共一百三十篇五十二万字,包括十二本纪、三十世家、七十列传、十表、八书。

[**哲学启示**]

崇高的理想是人生的精神支柱,对人生道路的选择有重要的导向作用。故事中的司马迁在身体和精神上遭受巨大创伤,仍然忍辱含垢,发奋继续完成所著史籍,对社会作出巨大贡献,这与他的理想信念关系密切。

每个人都有自己的理想。在实现理想的途中,往往会遇到各种各样的挫折与磨难。如果遇到挫折害怕受伤害而放弃的话,你的理想就犹如一片荒原,终年冰天雪地;反之,若你能够扛住磨难战胜挫折,你就会离你的理想越来越近。

188. 死亡前的旅行

五官科病房里住进来一位鼻子不舒服的病人老王,在等待化验结果期间,老王说,如果是癌,立即去旅行。结果出来了,老王得的是鼻癌。

老王列了一张告别人生的计划表后离开了医院。其计划表是：去一趟拉萨和敦煌；从攀枝花坐船一直到长江口；到海南的三亚以椰子树为背景拍一张照片；在哈尔滨过一个冬天；从大连坐船到广西的北海；登上天安门；读完莎士比亚的所有作品；写一本书……凡此种种，共二十七条。

他在这张"生命的清单"后面这么写道：我的一生有很多梦想，有的实现了，有的由于种种原因没有实现。现在我在人世间的时间不多了，为了不遗憾地离开这个世界，我打算用生命的最后几年去实现还剩下的这些梦想。

当年，老王就辞掉了公司的职务，去了拉萨和敦煌。第二年，又以惊人的毅力和韧性通过了成人考试。这期间，他登上过天安门，去了内蒙古大草原；还在一户牧民家里住了一个星期。现在这位朋友正在实现他出一本书的夙愿。

[哲学启示]

历史唯物主义认为，理想与现实是既有区别又有联系的一对范畴。一方面，理想来源于现实，是现实的升华。另一方面，现实孕育着理想，是理想的基础。在一定的条件下，理想可以转化为现实。

将理想转化为现实，需要人们的艰苦奋斗，积极实践。有些人把理想变成了现实，有些人把理想带进了坟墓。有时，面对死亡也是反思自己生活的一种方式，是促使一个人实现理想的一种动力。

189. 信念是一粒种子

有一年，一支英国探险队进入撒哈拉沙漠的某个地区，在茫茫的沙海里跋涉。阳光下,漫天飞舞的风沙像炒红的铁砂一般,扑打着探险队员们的面孔。口渴似炙,心急如焚——大家的水都没了。这时,探险队长拿出一只水壶,说:"这里还有一壶水,但穿越沙漠前,谁也不能喝。"

一壶水,成了穿越沙漠的信念之源,成了求生的寄托目标。水壶在队员们手中传递,那沉甸甸的感觉使队员们濒临绝望的脸上,露出坚定的神色。终于,探险队顽强地走出了沙漠,挣脱了死神之手。大家喜极而泣,用颤抖的手拧开那壶支撑他们的精神之水——缓缓流出来的,却是满满的一壶沙子。

[哲学启示]

炎炎烈日下的茫茫沙漠里,真正救了他们的,又哪里是一壶沙子呢?执着的信念,已经如同一粒种子,在他们心底生根发芽,最终带领探险队走出了"绝境"。

在这个世界上,信念是任何人都可以免费获得的。心中有了信念,生活就有了希望。一个人不怕卑微,不怕艰苦,就怕失去了生活的希望。坚定一个信念,点亮希望之灯,照亮前方的路,我们就会从卑微中走出来,从苦难中站起来,拥抱明天,拥抱阳光。

190. 生活的篓子

曾经有个年轻人,他总抱怨生活的压力太大,生活的担子太重。他听人说,哲人柏拉图可以帮助别人解决问题。于是,他便去请教柏拉图。柏拉图给了他一个空篓子,说:"背起这个篓子,朝山顶去。可你每走一段路,必须捡起一块石头放进篓子里。等你到了山顶的时候,你自然会知道解救你自己的方法。"于是,年轻人开始了他寻找答案的旅程。

刚上道,他精力充沛,一路上蹦蹦跳跳,把自己认为最好的、最美的石头,都一个个扔进篓子里。每扔进一个,便觉得自己拥有了一件世上最美丽的东西,很充实,很快乐。于是,他在欢笑嬉戏中走完了旅程的三分之一。

可是,篓子里的石头渐渐多了起来,也重了起来。他开始感到,篓子在肩上越来越沉。为了不让沉重的篓子变得更重,他毅然放弃了一些石头,只是挑选了一些非常轻的、非常需要的或是必不可少的石头放进篓子。然而,无论他挑多轻的石头放入篓子,篓子的重量也丝毫不会减少,只会加重,再加重……

最后的三分之一旅程,他已经不在乎捡到的是什么,放进篓子的又是什么。他早已麻木于眼前的一切事物,不管是美丽的、喜欢的、需要的,抑或是轻巧的,他实在是无力再去挑选它们了。

[哲学启示]

如果一个人在人生道路上负重前行,会感到举步艰难。虽然我们会抱怨怎么会选择这么多东西,但还是舍不得放手。这则故事告诉人们,生活中我们需要的东西太多太多,以致承受不了现实给我们的压力,那么不妨学会放下。因为只有放下,你才会看到生活中的美丽风景。

人生就是如此,有得必有失。无论何时,都要学会放下。只有学会放下,才不会被压得喘不过气来;只有学会放下,才能迈着轻盈的步伐越走越远。

191. 烧一壶开水

一位年轻人大学毕业后,曾豪情万丈地为自己树立了许多目标,可是几年下来,依然一事无成,于是他找智者求教。智者微笑

坚定理想信念

着听完年轻人的倾诉,对他说:"来,你先帮我烧壶开水!"

年轻人看见墙角放着一把极大的水壶,旁边是一个小火灶,可是没有柴火,于是便出去找柴。他在外面拾了一些枯枝回来,装满一壶水,便烧了起来。但由于壶太大,那捆柴烧尽了,水也没开。于是他继续去找柴,回来时那壶水已经变凉了。这回他学聪明了,没有急于点火,而是再次去找更多的柴,由于柴准备充足,水终于烧开了。

智者忽然问他:"如果没有足够的柴,你该怎样把水烧开?"年轻人想了一会儿,摇了摇头。智者说:"如果那样,就把壶里的水倒掉一些!"年轻人若有所思地点了点头。智者接着说:"你一开始踌躇满志,树立了太多的目标,就像这个大水壶装了太多水一样,而你又没有足够的柴,所以不能把水烧开。要想把水烧开,你或者倒出一些水,或者先去准备更多的柴!"

年轻人恍然大悟。回去后,他把计划中所列的目标去掉了许多,同时利用业余时间学习各种专业知识。几年后,他的目标基本上都实现了。

[哲学启示]

这则故事告诉人们,实现大目标是从实现一个个小目标完成的,只有删繁就简,从最近的小目标开始,才会一步步走向成功。同时,我们只有不断地拾"柴",全面提高个人素质,使人生不断加温,才能让生命沸腾起来,实现人生价值。

一个人如果想取得成功,就一定要树立自己追求的目标:一辈子的目标,一个阶段的目标,一个年度的目标,一个月的目标,一个星期的目标……一个人心中只要有了明确的目标,才会朝着所定目标的方向努力,最终取得成功。

192. 卡车司机的梦

美国一位卡车司机,在他六岁的时候,爸爸给他买了一辆玩具卡车。他兴奋地将这辆玩具卡车紧紧地抱在怀里,对爸爸说道:"我长大了,也要开卡车。"爸爸高兴地说道:"好儿子,有志气,只要好好努力,将来一定会开上大卡车的。"那时,他常常遐想,要是能开着大卡车,跑遍全国各个地方,那是一件多么令人高兴和幸福的事啊!

就这样,在他幼小的心灵里,就树立了将来要开大卡车的理想。爸爸看他这么有理想、有志气,就给他买了各种各样的玩具大卡车。中学毕业后,他报考了汽车职业学校,父母都非常支持他,尊重他的选择。毕业后,他顺利地进了一家汽车运输公司,终于开上了梦寐以求的大卡车。

[哲学启示]

这位卡车司机从小没有要上哈佛、当科学家、成为企业家的理想,而只是有了想开卡车的愿望。在家人的支持和鼓励下,他一步一步地朝着这个方向努力着,并最终实现了自己的理想。可见,理想没有高低贵贱之分,能将卫星送上天的人,固然实现了人生价值;做一名优秀的卡车司机,同样实现了人生价值。

理想就像一粒种子,种在"心"的土壤里,尽管它很小,却可以生根开花。一个人假如没有理想,就像生活在荒凉的戈壁,冷冷清清,没有活力。有了理想,就有了奋斗的目标,就有了追求,就有了动力。

193. 最短的路

一个乘客上了一辆出租车,并说出了自己想要到达的目的地。司机问:"先生,你是要走最短的路,还是走最快的路?"乘客很是不解地问:"最短的路,难道不是最快的路吗?"

司机摇头回答说:"当然不是。现在是上班时期的车流高峰期,最短的路交通正拥挤,弄不好还要堵车。糟糕的时候,车速甚至赶不上步行的速度,所以用的时间肯定很长。您要有急事,我劝您不妨绕一下道,多走一段路,反而会早到目的地。"

[哲学启示]

有时最短的路恰恰不是最快的路。在实现理想的旅途中,根本没有什么捷径可走。而所谓的捷径,也许仅仅是我们那饱含智慧的曲线抵达。

每个人都有自己的人生理想,很多人在追求理想的途中就放弃了,也有部分人实现了自己的人生理想。那么,如何才能实现自己的人生理想呢? 一要找到自己的兴趣爱好,发现自己的强项和优势的地方;二要明确自己的理想,有一套实现理想的计划;三要做一个行动派,要有实干精神;四要学会坚持,要坚定信念,千万不能因为遇到挫折就轻易放弃;五要多思考,不断总结经验教训;六要敢于面对失败,不断调整近期目标;七要运用科学的思维方法,充分考虑方方面面。

194. 没有十全十美的爱情和婚姻

有一天,柏拉图请教苏格拉底:"到底什么是爱情?"苏格拉底并没有马上回答,而是把柏拉图带到了一片麦地旁边。苏格拉底示意柏拉图,让他在这片麦地当中,找一个最大最黄的麦穗给他。与此同时,苏格拉底还有一个要求,那就是:柏拉图只能够往前走,不能够回头。最后,柏拉图一个麦穗都没有摘到。

出来之后,苏格拉底问柏拉图:"为什么一个麦穗都没有摘到?"柏拉图说:"您要求一直向前走,不能够回头,所以,我无法确定自己身边的麦穗是不是最大最好的,总认为那个最好的就在自己的前边。而走到了后边之后,却发现后边的还不如自己之前发现的好,所以,最后只好两手空空的出来了。"而苏格拉底却笑呵呵地说道:"这就是你所谓的爱情。"柏拉图若有所悟。

后来,柏拉图又问苏格拉底:"什么是婚姻?"这次苏格拉底又让柏拉图去树林中走了一圈,去找一颗最大最粗的树。并且提出同样的要求:只能往前走,不能够回头。而这一次,柏拉图只是找了一颗普通的树。苏格拉底又问柏拉图:"为什么你只是找了一颗普通的树?"柏拉图说:"这一路我遇到了很多的树,但是,我担心继续走下去,将没有更好的树了,因此便找了一颗普通的树。"对此,苏格拉底同样露出了笑容,告诉柏拉图说,其实,这就是婚姻。

[哲学启示]

这则故事告诉人们,要学会辩证地看问题。世界上没有十全十美的爱情和婚姻,如果把爱情和婚姻想象得太完美,就会错过幸福的爱情和婚姻。因此,要理智地选择一份能够给自己带来幸福的情感与婚姻就可以了。

爱情和婚姻不是完美的,同样生活在爱情和婚姻里的两个人也不是完美的,理想和现实总有一些差距,不要把自己的想法强加于对方。我们大多数人都是凡夫俗子,彼此谅解才能在不完美的爱情和婚姻中长久地幸福生活。

195. 高斯解难题

一天,德国哥廷根大学一个十九岁的青年吃完晚饭,开始做导师单独布置给他的数学题。正常情况下,他总是在两个小时内完成导师布置的作业。

像往常一样,前两道题目在两个小时内顺利地完成了。第三道题写在一张小纸条上,是要求只用圆规和一把没有刻度的直尺做出正十七边形。他没有在意,埋头做起来。然而,做着做着,他感到越来越吃力。困难激起了他的斗志:我一定要把它做出来!

天亮时,他终于做出了这道难题。导师看了他的作业后惊呆了。他用颤抖的声音对青年说:"这真是你自己做出来的?你知不知道,你解开了一道有两千多年历史的数学悬案?阿基米、牛顿都没有解出来,你竟然一个晚上就解出来了!我最近正在研究这道难题,昨天不小心把写有这个题目的小纸条夹在了给你的作业里。"

多年以后,这个青年回忆起当时解难题的情景时,一再说:"如果有人告诉我,这是一道有两千多年历史的数学难题,我不可能在一个晚上解出答案。"这个青年就是数学王子高斯。

[哲学启示]

有些事情,在不清楚它到底有多难时,我们往往能够做得更好。这则故事启示我们,当遇到难题时,放下思想包袱,树立起必胜的信心,再加上持之以恒的努力,难题可能就会迎刃而解。而如果在解难题之前就有畏惧心理,很可能难题就真的把我们给难住了。

196. 笨人也能成大师

清代乾隆、嘉庆年间,山西太原出了个著名的学问大家,他的名字叫阎百诗。然而,这样一个彪炳史册的天才,小时候却是个笨得出奇的孩子。课堂内,先生教的文章聪明的孩子早就会背了,一般的孩子也朗朗上口高声诵读了,而他还念不成句呢,得念到上百遍才能连贯地读下来。先生心里清楚得很,这样的资质念到老也是白搭,因此也就不怎么管他。雪上加霜的是,他身体还不好,简直就是个病秧子,动不动就有病请假。他的母亲心疼他,害怕他累坏了,就不让他再读书。他知道母亲的心情,更不想让母亲着急,果真就不再读书。母亲看他很听话,就不再注意他。哪知他嘴上虽然没读,心里却没闲着,默默地读,暗暗地记。一遍又一遍,一篇又一篇,一本又一本,他就这样读了十年。这十年的工夫可没白下,因为他是用"心"读的,他是将书读到心里去了,这岂是用嘴读书所能比的?突然有一天,他仿佛感到天地洞开,豁然开朗,有一种大彻大悟的感觉,回过头来再看过去曾经怎么也搞不懂的问题,竟然简单得不值一提。这样的奇迹谁会相信啊?而更大的奇迹还在后边。

二十岁那年,他开始全身心地扑到对《尚书》的研究上来。因为那时的《尚书》还没有一种权威的版本,众说纷纭,真伪难辨,后人常常无所适从。他发誓要将真正的《尚书》甄别出来。他的办法就是下笨功夫,绝不走哪怕是一丁点儿的捷径,就像他过去在心里默默念书那样。这一猛子扎下去就是四十多年,牢牢抓住这一目标不放松,终于在衰年之际完成了震古烁今的《古文尚书疏证》。阎氏的著作以大量强有力的材料,无可辩驳地证明了社会上流传的伪作,其权威性和正确性得到了官方的认可和肯定。

[哲学启示]

有志者,事竟成。只要紧紧盯住自己的奋斗目标,心无旁骛,做下去,做下去,一直做到最后,哪怕一个再笨的人,也有可能成为大师。

有一种成功,叫永不言弃;有一种成功,叫坚持不懈。成功的秘诀在于持之以恒、锲而不舍,贵在坚持,难在坚持,成也在坚持。曲折,在人生的道路上难以避免。面对曲折,有的人失去了奋进的勇气,而有的人却磨砺出坚韧不拔的性格,鼓起了前进的风帆。

197. 看到与走到

一个游客站在山脚下,看着山顶,问当地人:"从山脚到山顶,需要走多长时间?"当地人说:"少说也得两个小时吧。"游客说:"怎么可能呢? 山并不高呀。"当地人说:"那是你看到的,而不是你走到的。"

果然,游客花了两个多小时,才从山脚登上山顶。

[哲学启示]

不是游客目测的不准,而是我们用眼看到的目标是直线,而用脚走到的往往是曲线,是弯路。一眼看到了山顶容易,而真正走起来到达目的地就不那么容易了,有时甚至要付出巨大的代价才能到达。

在现实生活中,我们用眼看到的,只是树立的目标。只有用脚走到的,才是实现了的目标。我们从事的工作有时看似简单,而真正去干好它就不那么容易了,其间的坎坷、挫折和障碍,不是我们能用双眼就能轻易看到的。所以,简单的事情重复做,才能成为行

家;重复的事情用心做,才能成为赢家。

198. 推销员的坚持

　　有一个推销员,常挨家挨户地推销产品。一次这个推销员在拜访一家大客户第三十次后,客户却在最后关头想转向别人购买。这个推销员百思不解,也很失望。但他仍不放弃,决定再拜访一次这家客户的总经理。他带着"客户卡记录",里头记满了三十次拜访的谈话记录,诚恳地请求总经理告诉他"失败"的原因,以便改进。这家客户总经理看了密密麻麻的"客户记录卡"之后,感动地说:"我佩服你的持之以恒精神,现在我决定买你的产品。"

　　[哲学启示]
　　成功的原因不在力量大小,而在坚持多久。关键是看我们愿不愿做、怎样去做。把握好任何一次机会,坚持到最后一分钟,是一个人最终取得成功的秘诀之一。